Das Licht von Ios

Thriller

von

Frank Morsbach

Herstellung und Verlag:
BoD - Books on Demand, Norderstedt
ISBN 978-3-7431-9572-1

Das Licht von Ios © Frank Morsbach 2017

http://www.frank-morsbach-krimis.de

Alle Rechte vorbehalten.

Die Handlung der Geschichte sowie alle handelnden Personen sind frei erfunden.

PROLOG

Wolf betrachtete das Bild. Er war seit mehr als zehn Jahren glücklich verheiratet und in seine Frau noch immer so verliebt wie am ersten Tag. Was empfand er beim Anblick einer 45-jährigen Frau mit Sonnenhut? Sie sah vollendet normal aus - weder hässlich noch besonders schön. Ihre Augen und ihre etwas spitze Nase waren eher klein, ihre Lippen recht schmal und ihre Augenfarbe lag irgendwo zwischen blau und grau. Sie war schlank und feingliedrig, und der Sonnenhut verlieh ihr eine poetische Note: ein Mensch, der nicht aufgehört hatte, mit kindlichem Ernst die Erfüllung seiner Träume einzufordern.

War es das alte Lied? Waren es die 6 Millionen und die Siebentausend, die er nicht hatte retten können? Nur so viel wusste er: Es ging um mehr als nur um das Häkchen, das man hinter einen Namen auf einer Liste setzte.

Wie sich alles zugetragen hatte, stand ihm klar vor Augen. Es war wie so oft Gier gewesen. Der Skrupellose hatte die Idee, und der Ängstliche wollte cool sein. An der Schwelle von Phantasie zu Realität muss er sich gefragt haben: Was mache ich hier? Aber alles war besprochen und geplant, und da musste er es durchziehen. Als sie sich abwandte, hat er zugeschlagen. Sie ist zusammengebrochen, hat dann - verwirrt und in panischer Angst - versucht davonzukriechen, aber er hat immer wieder zugeschlagen. Angeekelt von dem Blut und überrascht darüber, dass es so lange dauerte. Wahrscheinlich war er verärgert darüber, dass sie so langsam starb.

Es war feige, hinterhältig und erbärmlich, ein Verbrechen eben. Verbrechen und Verbrecher waren immer feige, hinterhältig und erbärmlich, nie groß und interessant. Das wusste Wolf. Er war schließlich schon lange genug dabei.

Wer der eine war, stand ohne jeden Zweifel fest. Aber nicht die kleinste Spur hatte zu dem anderen geführt. Fast fünf Jahre lang tappte Wolf im Dunkeln, aber er schloss den Fall nicht ab, in keinerlei Hinsicht. Manchmal, wenn er mit ihr spazieren ging, hatte er plötzlich das Bild vor Augen, das er jetzt in den Händen hielt. Gelegentlich musste er sogar lesen, wie einer der Mörder die Früchte seiner Tat unbehelligt genoss. Das schmerzte ihn geradezu körperlich.

Dann aber las er das Interview, in dem eindeutig etwas falsch war. Hier sagte jemand die Unwahrheit, und dafür gab es nun unendlich viele mögliche Gründe und nicht nur den einen, auf den es Wolf ankam. Trotzdem hatte er, seiner Intuition folgend, zu recherchieren begonnen und tatsächlich Anhaltspunkte gefunden, die in die erhoffte Richtung wiesen, auch wenn sie noch Lichtjahre von einem wirklichen Beweis entfernt waren. Er ordnete die Beschattung an, die aber noch keinerlei Ergebnisse gebracht hatte. Der Mann gab sich keine Blöße. Wenn er es wirklich war, dann musste er alles vollkommen verdrängt haben. War das überhaupt möglich, hatte sich Wolf gefragt, dann aber an SS-Verbrecher gedacht, die später ein ganz normales Leben geführt hatten. Sie hatten als geachtete Mitglieder der Gesellschaft gelebt, die freundlich waren, wenn man ihnen begegnete, freundlich, gesund und ausgeschlafen.

Wolf stand jetzt vor der Entscheidung. Entweder er ließ es sein, was ohne Zweifel für alle am einfachsten und bequemsten war, oder er ging aufs Ganze.

Er legte das Bild in die Schreibtischschublade zurück

und stand auf. Dann ging er ans Fenster und blickte auf die Stadt, die sich vor seinen Augen hinzog bis zu der Erhebung im Norden, die die Grenze zum Niederbergischen bildete. Dort hinten hatte er gewohnt, in der Eisenbahnersiedlung oberhalb des Freibades mit ihren Reihenhäusern im einheitlichen Baustil der frühen Sechziger Jahre, zwischen denen nur die Ludwigvilla als ein Relikt aus dem letzten Jahrhundert wie ein Fremdkörper wirkte. Vom Wohnzimmerfenster der elterlichen Wohnung hatte er einen ähnlich schönen Blick auf die Stadt gehabt – nur eben in umgekehrter Richtung. So gesehen hatte sich nicht viel geändert.

Er zog sich um, packte seine Tasche und öffnete die Tür zu ihrem Arbeitszimmer, wo sie saß und schrieb.

„Ich gehe laufen", sagte er, „und danach in die Sauna."

„Ich muss auch noch einmal weg", entgegnete sie.

Er trat neben sie und küsste sie auf die Wange.

„Ich werde so gegen zehn wieder zu Hause sein."

„Dann bin ich auch wieder da." Sie blickte nicht von ihrem Manuskript auf. Obwohl sie mit ihm sprach, blieb sie auf ihre Arbeit konzentriert. Sie war in diesem Moment nicht bei ihm.

„Also, bis heute Abend", sagte er, aber als er schon in der Tür stand, rief sie plötzlich: „Arno, komm doch bitte noch einmal her."

Sie hatte sich umgedreht, lächelte ihn an, und er ging zurück an ihren Tisch, bekam einen zärtlichen Kuss auf den Mund, ein freundliches *Ciao* und machte sich nun endgültig auf den Weg.

Er traf Manni Grabert, Heintze und die anderen auf dem Parkplatz oberhalb des Talsperrenwalds. Der Tag war herrlich gewesen, aber am Stand der Sonne konnte man erkennen, dass der Hochsommer längst vorüber war. Sie würden nicht mehr lange im Hellen laufen können. Sie liefen zunächst ein Stück in südöstlicher Richtung die Straße entlang, bis sie einige Schritte hinter dem Lokal *Rädchen* auf einen schmalen Weg bogen, der direkt zum Eingang von Hinsbergs Park führte. Nun ging es hinab zu den im Spätsommer nahezu ausgetrockneten Teichen und wieder im sanften Anstieg zu dem geteerten Höhenweg, auf dem sie mit Blick auf Remscheid mit seinem markanten Rathaus- und Wasserturm nach Spelsberg gelangten, und von dort aus weiter in nordwestlicher Richtung nach Grund, wo sie den Wanderweg erreichten, der in vielen Kehren zum Talsperrenwald führte. Bis hierher war es im ganzen bergab gegangen und die Gruppe zusammengeblieben. Auf dem flachen Wanderweg trennte sich nun die Spreu vom Weizen. Wolf verfluchte die Pizza, die er mittags gegessen hatte. Warum hatte er sie sich nicht mir ihr geteilt und stattdessen das ganze Wagenrad selbst vertilgt?

Jetzt schien etwas sein Atemvolumen zu beeinträchtigen. Es fehlten vielleicht zehn Prozent, die zehn Prozent, auf die es ankam, und Manni zog auf und davon.

„Der ist ja heute olympiareif", konstatierte Heintze.

„Er will's diesmal anscheinend wissen", sagte Wolf.

Er selbst lief zwar neben Heintze in der ersten Reihe des Verfolgerfeldes, Manni vergrößerte jedoch langsam, aber stetig seinen Vorsprung.

Dann aber hatte sein Körper jeden Widerstand aufgegeben. Er spürte ihn nicht mehr. Er sah nur noch Manni, der fünfzig Meter vor ihm nach links ausbrach und ohne Rücksicht auf seine Knie einen Hang querte, um direkt auf den Weg hinunter zur Gelpe zu gelangen. Er, Heinze und die beiden anderen, die noch mithalten konnten, folgten ihm. Sie liefen in Richtung Minigolfplatz.

Mit einer gewissen Übertreibung könnte man behaupten, dass sein ganzes Leben ein Zweikampf mit Manni war. Der hatte ihn vor einem Jahr tatsächlich überholt. Ihm selbst war dies egal gewesen - nein, es war sogar besser so. Damals - vor achtzehn Jahren -, als es um das Einzige ging, was wirklich zählte, da hatte er gewonnen.

Aber das war natürlich kein Grund, sich an diesem Abend geschlagen zu geben.

Am Minigolfplatz begann der Anstieg zur Talsperre, und er zog an.

Sein Antritt war wirkungsvoll, und schon bald blieben die drei zurück, die vom Feld übriggeblieben waren. Allein der Abstand zu Manni schien sich nicht zu verringern. Vielleicht täuschte er sich.

Erst an der Stelle, von der aus man im Winter bei entlaubten Bäumen zum ersten Mal die Staumauer sehen konnte und wo es wirklich steil wurde, konnte er erkennen, daß Mannis Vorsprung zusammengeschmolzen war.

Es waren noch etwa zehn Meter, als sie die Staumauer erreichten.

Die 150 Meter auf der Mauer reichten ihm, um den Vorsprung noch einmal zu halbieren. Er wußte nun, daß er gewonnen hatte.

Die restlichen vierhundert Meter hinauf zum Parkplatz ging er nicht zu schnell an, denn auch die letzte Steigung hatte es in sich. Sie überholten zwei ältere Läufer, die sich zwar im Bewegungsablauf, nicht aber in der Geschwindigkeit von Spaziergängern unterschieden. Gut hundert Meter vor dem Ziel hatte er Manni eingeholt und zog an ihm vorbei. Manni hatte nichts mehr entgegenzusetzen.

„Die haben wir vielleicht abgehängt", sagte er, als auch Manni den Parkplatz erreicht hatte und sie sich abklatschten. Das war höflich, aber Manni ließ sich nicht darauf ein.

„Beim nächsten Mal mach ich dich fertig", erklärte er keuchend, aber kämpferisch.

„Traumtänzer", entgegnete Wolf, ohne bei der Sache zu sein. Er wusste, dass *seine* Entscheidung gefallen war und nie, aber auch wirklich nie zur Debatte gestanden hatte. Auf alle Fälle traf es sich gut, dass Manni und er die Einzigen waren, die noch in die Sauna gingen.

„Und?" fragte Wolf, als sie einmal alleine vor sich hin schwitzten.

Grabert verzog das Gesicht.

„Was du da von mir willst... - An der Grenze der Legalität ist zurückhaltend ausgedrückt. Und das Geld. Woher soll ich das nehmen?"

Wolf schwieg.

„Und du bist sicher?"

„Er hat selbst nie einen Hehl daraus gemacht. Seine Arroganz war einzigartig. Alles an ihm hat mir gesagt: 'Was willst du denn? Ich war's, aber du kriegst mich nicht.'"

„Das macht dir immer noch schwer zu schaffen." Manni grinste.

„Kann sein", sagte Wolf und stand auf.

„Ich geh jetzt raus."

„Ich auch", sagte Grabert und schloss sich ihm an.

Als sie sich im Außengelände abtrockneten und der Himmel über Cronenberg ein tiefes, dunkles Blau angenommen hatte, nahm Wolf den Faden wieder auf:

„Ich glaube nicht an Profis", begann er. „Es ist nicht gerade einfach für einen Normalbürger, an einen Profi zu kommen."

„Du würdest es anders machen?" fragte Grabert.

„Natürlich. Ein Bekannter, zu dem der Kontakt mittlerweile praktisch abgerissen ist und dem das Wasser bis zum Halse steht."

„Sie sind zusammen in die Schule gegangen?"

„Drei Jahre lang: Sexta, Quinta, Quarta."

„Und wenn es doch ganz anders war?"

„Du meinst: der ominöse Einbrecher? Dann liege ich eben falsch."

Grabert zögerte, er fixierte einen Punkt vor sich auf dem Steinboden und schien nachzudenken.

„Wer A sagt, muss auch B sagen", drängte Wolf.

„Das ist ja fast schon Erpressung", konstatierte sein Vorgesetzter.

Wolf grinste, und Grabert klopfte ihm auf die Schulter.

„Was würdest du eigentlich machen, wenn wir nicht alte Freunde wären?"

„Dann wäre alles viel schwerer, Manni."

„Ich werde sehen, was ich tun kann", sagte Grabert, „aber jetzt wird's mir kalt."

Nachdem Grabert gegangen war, blieb Wolf allein zurück.

Er blickte nach oben. Der Himmel war sternenklar. Ihn überkam ein kurzer, aber heftiger Anflug romantischer Gefühle, die er in dieser Nacht noch einmal würde ausleben können. Wie es auch kam: Er würde nie aufgeben. Nie!

1. AKT

1

Harnach gefiel sich. Mit leisem Lächeln betrachtete er seinen dunklen italienischen Anzug mit der unauffällig gemusterten Krawatte in dezenten Farben, der ihm eine natürliche Eleganz verlieh, der alles Gewollte fehlte, ganz als ob sie ihm angeboren oder zumindest anerzogen worden wäre.

„Machst du dir jetzt einen Heiratsantrag?" fragte Iris, und er überließ ihr den Platz vor dem Spiegel. Er setzte sich aufs Sofa, um sich die Schnürsenkel zu binden.

„Sag mal, du bescheißt deine Mieter und Handwerker tatsächlich, oder?" bemerkte sie unvermittelt, während sie sich die Haare kämmte.

„Fängst du jetzt auch noch an?" fragte Harnach zurück. „Ich bin nicht die Caritas, aber fair." Das Thema ermüdete ihn.

„Ich meine nur wegen der Kämpfe, die du nachts immer austrägst. Irgendjemand will dir ans Leder, und du leidest ganz schrecklich." Sie sprach die Sätze fast beiläufig. Sicher übertrieb sie.

Er blickte zu ihr hoch. „Rede ich eigentlich im Schlaf?"

Iris drehte sich zu ihm um und lächelte. „Natürlich. Ich weiß jetzt alles."

Er lächelte unsicher zurück. Dass sie sich wieder dem Spiegel zuwandte und ihn im Unklaren ließ, verärgerte ihn.

„Warum bist du eigentlich mit mir zusammen, wenn ich

so ein Arschloch bin? Macht dich das Haus hier an, der BMW oder die Einladungen um Essen?"

„Gelegentlich imponieren mir deine Französischkenntnisse", entgegnete sie kühl und wartete einen Moment, damit sich die Wirkung ihrer Worte entfalten konnte, aber er reagierte nicht.

„Die Pizzas im *Bella Italia* sind es sicher nicht, auch wenn du dort immer großzügig von 29,20 auf 30 Euro aufrundest."

Was sollte das? Gab *ihm* jemand Trinkgeld? Aber es war immer dasselbe. Sie spielte sich auf, bluffte mit leeren Händen. Sie war 32 und eine der Frauen, die nie ungeschminkt herumliefen. Aus gutem Grund. Iris in Schale geworfen, so wie sie jetzt vor ihm stand, würde kein gesunder Mann von der Bettkante stoßen. Ansonsten war sie Durchschnitt. Und erst ihre Bildung! Zu Geschäftsessen mit wirklich wichtigen Leuten konnte man sie nicht mitnehmen. Sie wusste, dass dieses Land mittlerweile von einer Frau regiert wurde, und auch den Namen Obama hatte sie vielleicht schon einmal gehört. Aber das war's dann auch schon. Nun ja, was konnte man auch von einer Frau erwarten, die den ganzen Tag im Kaufhof stand und irgendwelchen Muttis Kosmetika andrehte?

„Hol' mir doch mal meine Uhr, die liegt neben dem Bett", sagte er.

Sie schaute ihn etwas verdutzt an, ging dann aber ins Schlafzimmer und brachte sie ihm.

„Das könntest du eigentlich auch selber machen."

Harnach nickte. „Danke."

Er band sich die Uhr um und stand auf.

„Ich muss los. Die Versammlung beginnt um drei, aber vorher muss ich noch den Kleinen abholen."

„Deinen neuen Mitarbeiter? Der ist übrigens nett. Mit dem habe ich mich am Sonntag richtig gut unterhalten."

Natürlich. Sie hatte ihm die Hucke vollgequatscht, und der Kleine hatte brav zugehört. Das gefiel ihr.

„Ich glaube auch, dass ich mit ihm den Richtigen gefunden habe", bekräftigte er, während sie die Treppe zum Erdgeschoß hinabstiegen, „trotzdem verstehe ich nicht, wieso Röder so einfach gegangen ist."

Als er Iris die Haustür aufhielt, blieb sie vor ihm stehen.

„Weil du ein Unmensch bist", sagte sie zärtlich und strich ihm übers Haar, „mit dir hält es niemand aus." Sie schaute ihn an, dann näherten sich ihre leicht geöffneten Lippen den seinen und sie küssten sich, so dass ihr Abschied die Leidenschaftlichkeit streifte.

„Also, ciao", sagte Harnach, nachdem er sich losgemacht hatte. Dann gingen sie zu ihren Wagen.

Iris zögerte, bevor sie einstieg. Er schmunzelte. Na also. Trotz aller coolen Sprüche wartete sie jetzt darauf, dass er sie fragte, wann sie sich wiedersehen würden.

Er winkte ihr freundlich zu und stieg in seinen Wagen. Da würde sie leider vergeblich warten. Wozu gab es das Telefon?

Der Kleine wartete schon am Islandufer.

„Schon wieder kaputt, deine Möhre?"

„Ich habe ihn gestern Morgen direkt in die Werkstatt gebracht", antwortete der Kleine, „aber am Samstag rührt da natürlich niemand einen Finger."

Er maß tatsächlich nur 1,68 Meter, eine für heutige Verhältnisse bescheidene Größe, und fuhr ein smaragdgrünes Karmann-Ghia-Coupé mit weißem Dach, Baujahr 1964.

So schöne Autos werden heute nicht mehr gebaut, hörte er immer wieder.

Sein Großvater hatte ihm den Wagen an dem Tag geschenkt, als er ins Altersheim zog. Seitdem fuhr ihn der Kleine, wenn er fuhr.

„Ich soll dich von Iris grüßen", sagte Harnach, nachdem der Kleine eingestiegen war.

„Danke."

„Die ist von dir ganz angetan." Harnach grinste. „Die Frauen fahren einfach auf dich ab."

„So ist es eben", entgegnete der Kleine kühl und blickte nach rechts aus dem Fenster.

„So und nicht anders", rief Harnach fröhlich, obwohl er in diesem Moment selbst bemerkte, dass er taktlos gewesen war, denn er war sich sicher, dass der Kleine Frauen gegenüber den einfühlsamen Zuhörer und guten Kumpel gab und mehr nicht. Das musste man ihm nicht auch noch unter die Nase reiben.

Sie bogen von der Gathe in die Karlstraße und hatten die Nordstadt schon erreicht.

Die Nordstadt, ein Gewirr enger, teils steiler Straßen, auf

und zu Füßen des Ölbergs, alte Mietshäuser aus der Zeit der Jahrhundertwende, wenig Grün, früher das Viertel der ärmeren Leute, heute mit multikulturellem Einschlag.

Eine äußerst interessante Stadtlandschaft, hatte Harnach gelesen. Ein Glück, dass er hier nicht wohnte. Sie fuhren an dem Haus Wiesenstraße 11 vorbei. Ein Transparent hing aus dem Fenster: *Hier wird entmietet.* Schwachköpfe.

Die Versammlung fand in der Aula der Realschule am Mirker Bahnhof statt.

Harnach und der Kleine betraten fünf Minuten vor Beginn der Veranstaltung den zu zwei Dritteln gefüllten Saal. Einzelne Pfiffe waren zu hören. Harnach fühlte sich angestarrt, ging aber lässig zum Versammlungsleiter und begrüßte ihn.

Dass jetzt doch ein SPD-Politiker die Diskussion leitete, war nicht in Harnachs Sinne. Er selbst hätte sich natürlich lieber einen von der FDP gewünscht.

Immerhin empfing er Harnach freundlich.

Im Publikum entdeckte Harnach Neumann, einen kleinen, dünnen Mann Mitte sechzig, der gerade versuchte, sich Harnach bemerkbar zu machen und ihn, kaum dass Harnach ihn gesehen hatte, überschwänglich grüßte. Anders als die meisten anderen trug Neumann Anzug und Krawatte, seinen Festtagsanzug, wie unschwer zu erkennen war, und war sichtlich aufgeregt. Er hatte Harnach drei Tage zuvor angerufen und ihm mit unbeholfenen Formulierungen seine Unterstützung zugesichert. Auch da war er nervös gewesen. Harnach grüßte ihn ruhig und freundlich zurück.

Wie Harnach befürchtet hatte, war auch Niederklostermann erschienen. Neben ihm saß eine auffallend attraktive Frau Anfang dreißig mit schulterlangen, fast schwarzen Haaren, die im Licht rötlich schimmerten. ‚Die würde ich auch nicht von der ...,' schoss es ihm durch den Kopf, aber da begegneten sich ihre Blicke und ein flaues Gefühl durchströmte seine Magengegend, eine Empfindung, die er kannte.

Sie hatte ihn vor Ewigkeiten zu seinem ersten Rendezvous begleitet und war dem Gefühl ähnlich, das ihn morgens nach dem Aufwachen befiel und ihn daran hinderte, direkt aufzustehen. Sie ließ ihn los, als sich sie Frau mit den rötlich schimmernden dunklen Haaren von ihm abwandte und in eine andere Richtung blickte. Aber was mochte eine solche Frau mit Niederklostermann zu tun haben, einem großgewachsenen, hageren Mann in den Fünfzigern mit gebeugter Haltung und tellergroßen Händen?

Die Pfiffe gegen Harnach waren aus einer Gruppe teils junger Leute gekommen, die auf eine ihm zunächst unerklärliche Weise unwirklich wirkten. Sie sahen aus, als wären sie Gründungsmitglieder der grünen Partei oder Angehörige der Berliner Hausbesetzerszene aus eben jenen Tagen, Menschen also, die sich in der Zeit verlaufen hatten. Das hielt sie aber nicht davon ab, sich mit Problemen auseinanderzusetzen, die sehr aktuell waren und ihn betrafen. Sie waren jedenfalls gerade in eine ernst und mit verbissener Leidenschaftlichkeit geführte Diskussion vertieft.

Nun ja, man würde sehen, wie sich die Sache hier entwickelte.

In diesem Moment begann die Versammlung. Der Politiker dankte allen Anwesenden für ihr Erscheinen, wobei er Harnach ausdrücklich erwähnte: „Wir freuen uns sehr, dass Sie sich der Diskussion stellen."

Erneut gab es Pfiffe und einzelne Buhrufe. Harnach ging aber unbeirrt in die Offensive. Er meldete sich zu Wort, erhob sich, dankte seinerseits dem Versammlungsleiter und stellte sich vor: „Ich bin Inhaber der Firma HIB - Harnach Immobilien und Bauunternehmungen, die ich selbst aufgebaut habe", sagte er. „Wir haben als Immobilienbüro begonnen, sind jetzt aber in erster Linie ein Bauunternehmen. Wir bauen Mietshäuser, aber auch Gebäude, die dann gewerblich und industriell genutzt werden, und wir sanieren heruntergekommene Häuser. Und mit dieser Arbeit", fügte er hinzu, „wollen wir auch Geld verdienen. Können Sie mir sagen, was daran so verwerflich ist?"

„Luxussanierungen!" „Alte Leute auf die Straße setzen!" erschall es aus der Gruppe der aus der Zeit Gefallenen. Die Zwischenrufe brachten Harnach erst richtig in Fahrt.

„Das ist doch Unsinn!" rief er aus. „Aber ich habe ja überhaupt nichts dagegen, in den Märchenbüchern weltfremder Ideologen den bösen Wolf zu spielen. Wenn es Ihnen gefällt." Er hatte diese Worte mit weit ausholenden Gesten an das übrige Publikum gerichtet und auch einige Lacher - erwartungsgemäß vor allem aus der Gruppe um Neumann - geerntet.

Jetzt wurde er wieder ernst: „Ich wende mich jetzt an die vernünftigen Menschen. Sehen wir das ganze doch einmal andersherum. Finden Sie es schön, nachts zum Pinkeln die Wohnung verlassen zu müssen und eine Treppe abwärts zum Klo zu stolpern? Finden Sie es vorteilhaft, wenn alte Leute in Wohnungen leben, in denen es weder Dusche noch Badewanne gibt?

Und aus solchen Löchern, aus hässlichen, kaum bewohnbaren Räumen, machen wir schöne, helle, bequeme Wohnungen mit allen notwendigen sanitären Einrichtungen."

„Die dann niemand mehr bezahlen kann", rief jemand dazwischen.

„Das ist eine Lüge", empörte sich Harnach. „Auch nach umfangreichen Sanierungsarbeiten haben wir die Mieten nur sehr maßvoll, moderat erhöht. Wir selbst haben das größte Interesse daran, dass die Wohnungen bezahlbar bleiben, denn es ist für uns das einfachste, wenn wir die alten Mieter halten können. Die Mieter sollen sich ihre sanierten Wohnungen leisten können. Und Sie können mir wirklich glauben: Die von uns sanierten Wohnungen sind ihren Preis wert."

Er hatte den Eindruck, dass man seine Rede im Ganzen zustimmend aufnahm, obgleich vereinzelt höhnisch gelacht wurde.

Die hübsche Frau neben Niederklostermann schaute ihn an. Er las ein spöttisches Lächeln in ihrem Gesicht. Aber sie sollte sich ruhig über ihn lustig machen. Sie hatte ja recht. Wieso rechtfertigte er sich auch vor diesen ganzen Trotteln?

Nun war Neumann aufgestanden. Zu so vielen Menschen sprechen zu müssen, versetzte ihn sichtlich in Verlegenheit. Er und seine Frau lebten in einer von Harnach sanierten Wohnung, begann er tapfer, und zählte dann langatmig und stockend die Vorzüge auf, die die Wohnung nach der Sanierung bot. Er fügte hinzu, dass er und seine Frau Rentner seien und sich die Wohnung sehr wohl leisten könnten. Er klärte das Auditorium darüber auf, wie viel Miete er früher gezahlt habe und wie viel er heute zahlte. Als er den eigenen Haushaltsplan detailliert aufschlüsseln wollte, um zu zeigen, dass er die Mehrkosten - die sich immerhin auf 60% der allerdings niedrigen alten Miete beliefen - problemlos aufbringen konnte, wurde er von dem Versammlungsleiter höflich unterbrochen.

„Wie viel hat er dir dafür gezahlt?" rief jemand.

„Ja überhaupt nichts", stammelte der Rentner fassungslos.

„Noch einmal vielen Dank", sagte der Versammlungsleiter freundlich und es gelang ihm, jeglichen Spott zu unterdrücken.

Dann erteilte er der Frau mit den schwarzen Haaren, die ins Rötliche spielten, das Wort.

„Herr Harnach", begann sie, ohne aufzustehen, „Sie präsentieren sich hier als Wohltäter. Aber was ist mit denen, die die Arbeit wirklich machen, die Ihre Häuser wirklich in Ordnung bringen?"

„Ich verstehe Sie nicht ganz", sagte Harnach, aber dann kam, was kommen musste: Niederklostermann erhob sich in seiner ganzen Größe. Er war vor Aufregung im Gesicht rot angelaufen, sprach aber mit klarer - und lauter - Stimme:

„Ich habe mit drei Mann länger als ein Vierteljahr für Harnach gearbeitet. Wir hatten 65.000 Euro vereinbart - und ich habe bisher ganze 12.000 - bekommen. Das ist Betrug. Das ist Diebstahl."

Harnach ließ sich nicht aus der Ruhe bringen. Er stand auf und erklärte: „Erstens: Ein weiterer Scheck ist unterwegs. Zweitens: Den vollen Preis zahle ich nur für gute

Arbeit. Nicht für Pfusch."

Diese zweite Bemerkung schien Niederklostermann geradezu körperliche Schmerzen zu bereiten: „Was heißt hier Pfusch?" schrie er auf. „Irgendetwas findet ihr doch immer."

In diesem Moment sprang seine Erregung aufs Publikum über. Von verschiedenen Seiten ertönten Zwischenrufe, besonders in der Ecke der späten Rebellen wurde wütend herumgeschrien, ein allgemeiner Aufruhr hatte den Saal ergriffen, und der Versammlungsleiter musste lange mit einem Löffel gegen die vor ihm stehende Flasche schlagen, bis er bemerkt und seinen Rufen „Pause! Pause! Pause!" Folge geleistet wurde.

Harnach sah, wie Niederklostermann nach draußen ging, wo man direkt vor dem Saal einen Getränkestand aufgebaut hatte. Er nutzte die Gelegenheit und trat an die junge Frau heran, die sich für den Handwerker eingesetzt hatte.

„Für welche Zeitung arbeiten Sie?" fragte er.

„Für den Tagesanzeiger", antwortete sie, was bewies, dass er mit seiner Frage richtig gelegen hatte.

„Ich dachte, die Presse müsste neutral und objektiv sein."

„Sind wir, keine Sorge. Aber wir müssen auch Stellung beziehen, wenn es nötig ist. Das stört Sie, oder?"

„Nein, überhaupt nicht, mich stört nur, dass Sie sich offensichtlich nur einseitig informieren."

Er nahm eine Visitenkarte aus seiner Jackentasche und

legte sie vor ihr auf den Tisch.

„Wenn Sie einmal mit mir sprechen wollen."

Sie antwortete nichts, sondern sah ihn nur an – mit einem Blick, den er als unergründlich empfand. Er vergaß seine Kavalierspflichten trotzdem nicht und fragte: „Darf ich Ihnen etwas zu trinken bringen?"

„Nein", entgegnete sie ruhig, und er ging an seinen Platz zurück.

Nach der Pause nahm alles einen geordneten Verlauf.

Harnach erklärte seine Bereitschaft, die Arbeit Niederklostermanns von einem neutralen Gutachter überprüfen zu lassen. "Was das schon wieder kostet", stöhnte Niederklostermann.

„Sie werden sich sicher einigen", ließ der Vorsitzende verlauten, um das Thema abzuschließen.

Nun kam die Gruppe zum Zug, die Harnach mit Buhrufen empfangen hatte. Sie stellten sich als Wohngemeinschaft aus dem Haus Wiesenstraße 11 vor, was die Frage aufwarf, wie sie alle - es waren mehr als zehn Personen - in eine Wohnung paßten. Sie lehnten jeden Kompromiss ab.

„Uns ekelt da keiner raus", rief einer unter dem Beifall seiner Mitstreiter, „wir bleiben."

Während Harnach sichtlich verärgert war, schien der Kleine von all dem unbeeindruckt. Er hatte in aller Ruhe seine Brille geputzt und schließlich wieder aufgesetzt. Jetzt stand er auf, stellte sich als Mitarbeiter der HIB vor und begann über die Situation im Haus Wiesenstraße 11 zu referieren.

Die HIB habe den insgesamt vierzehn Mietparteien neue Mietverträge angeboten - bei um rund vierzig Prozent erhöhten Mietzahlungen, was in Anbetracht der sehr niedrigen Altmiete und der umfangreichen Sanierungsarbeiten ein ausgesprochen faires Angebot sei. Neun der vierzehn Mietparteien hätten dieses Angebot angenommen. Vier weitere Mietparteien seien mit den von der HIB angebotenen Ersatzwohnungen einverstanden gewesen und bereits umgezogen.

„Das heißt", schloss der Kleine, „alle Mietparteien bis auf eine haben unsere Angebote angenommen."

„Die habt ihr alle mürbe gemacht." „Uns nicht."

„Wir werden Ihnen ein neues Angebot unterbreiten."

„Das kannst du dir sparen." „Vergiss es!"

Angesichts dieser Zwischenrufe aus der WG-Gruppe schritt der Versammlungsleiter ein.

„Also gesprächsbereit sollten Sie schon sein. Das ist doch das Mindeste."

„Du bist doch gekauft", schrie einer dazwischen.

„He!He!He!" protestierte der Versammlungsleiter, eher amüsiert als erbost.

„Wer hat uns verraten? Sozialdemokraten!" skandierte einer und erhielt Applaus von seinen Gesinnungsgenossen.

Der Versammlungsleiter lachte. Dann bat er um weitere Wortmeldung zu dem Thema, um das es ging: Altbausanierungen.

Die Beteiligung an der folgenden Diskussion war rege.

Einzelne Versammlungsteilnehmer erklärten, dass sie seit Jahren und Jahrzehnten in ihren Wohnungen lebten und zufrieden seien. Sie bräuchten keine Sanierung.

Die Mehrheit der Wortmeldungen deckte sich mit dem Konzept, das Harnach vorgestellt hatte. Man war für Altbausanierungen, solange sie bezahlbar blieben.

„Der kleine Mann muss es sich leisten können", rief ein Teilnehmer aus und erntete damit tosenden Applaus. Der kleine Mann stand ganz offensichtlich in der Gunst des Publikums. So endete alles in Wohlgefallen. In seinem Schlusswort sprach aus dem Versammlungsleiter noch einmal der Politiker: „Wir wollen den Fortschritt," deklamierte er, „wir wollen den wirtschaftlichen Erfolg - aber ohne soziale Kälte. Deshalb appelliere ich an Sie, Herr Harnach. Stehen Sie zu ihrem Wort. Sanieren Sie die Häuser. Schaffen Sie mit mehr Wohnqualität auch mehr Lebensqualität - aber so, dass es der kleine Mann bezahlen kann."

Das Publikum spendete herzlichen Beifall. Auch beim zweiten Mal war der kleine Mann gut angekommen.

2

„Irgendetwas stimmt mit denen nicht. Irgendwas ist da nicht in Ordnung", sagte Harnach, als sie wieder im Auto saßen.

„Du meinst diese Typen aus der Wiesenstraße?"

Harnach nickte.

„Ich könnte Erkundigungen einziehen", schlug der Kleine vor.

„Danke, aber das mache ich vielleicht selber. Solche

Querschüsse können wir im Moment überhaupt nicht gebrauchen."

„Also müssen wir ihnen etwas zahlen."

„Wahrscheinlich. Und auch die Sache mit Niederklostermann muss aus der Welt."

„Alles?" fragte der Kleine.

„Bist du wahnsinnig?" fragte Harnach leichthin zurück.
„Aber jetzt muss ich dir etwas zeigen."

Sie fuhren in südwestlicher Richtung über die A46 bis zur Ausfahrt Haan-Ost und von dort aus zurück Richtung Vohwinkel. An der Stadtgrenze hielt Harnach vor einem verwilderten Grundstück von beträchtlicher Größe, das am anderen Ende ein mit jungen Bäumen bewachsener Wall von der Autobahn trennte.

In südlicher Richtung sah man die nahe Zubringerstraße von Gräfrath zur Autobahn, dahinter sanfte niederbergische Hügel und ganz in der Ferne Solingen-Wald. Insgesamt hielt sich die landschaftliche Schönheit der Gegend in Grenzen.

Dennoch blickte Harnach geradezu verklärt auf das Stückchen Land vor ihnen.

'Na und?' stand im Gesicht des Kleinen geschrieben.

„Meißen", sagte Harnach nur.

„Der neue Stadtrat ist den Meißen-Leuten so in den Arsch gekrochen, dass er in deren Magensäften baden konnte. Steuererleichterungen, Subventionen, Vergünstigungen und so weiter. Aber sie waren erfolgreich. Meißen baut seine neue Chipfabrik nicht irgendwo im

Osten, sondern hier im Tal. Und wenn wir den Auftrag bekommen, dann ist für uns in den nächsten fünf Jahren alles andere - Peanuts."

Er machte eine Pause und schaute auf das fast mannshoch gewachsene Gras.

„Die haben mein Angebot, und es sieht überhaupt nicht schlecht aus. Aber wir müssen perfekt sein. Es darf uns nicht irgendein Scheißdreck dazwischenkommen. Verstehst du?"

Der Kleine verstand, und sie fuhren über die A46 zurück nach Elberfeld.

Harnach setzte den Kleinen am Höchsten ab, von wo aus dieser mit dem Bus nach Hause fuhr. Er selbst besuchte das Ehepaar Wewering. Die Wewerings hatten im Haus Wiesenstr. 11 eine 4-Zimmer-Wohnung bewohnt und jetzt eine von Harnach sanierte 2-Zimmer-Wohnung bezogen. Die beiden älteren Leute genossen nun für eine nur leicht erhöhte Miete weitaus mehr Komfort, lebten aber vergleichsweise beengt. Dieses Eindrucks konnte sich selbst Harnach nicht erwehren, als er hereingebeten wurde. Er erkannte aber auch die Ursache: Alte Leute konnten sich einfach von nichts trennen. Objektiv betrachtet war die Wohnung groß genug.

Er wurde freundlich empfangen, ins Wohnzimmer geführt und aufgefordert, am Tisch Platz zu nehmen. Der Alte nötigte ihm einen Schnaps auf.

„Schön, dass Sie uns einmal besuchen", sagte die Frau.

„Der ist gut", lobte Harnach, nachdem er den Schnaps getrunken hatte, „ich habe eine Frage: Meinen Unterlagen zufolge hat in der Wiesenstraße 11 nur ein Mieter über Ihnen gewohnt, ein gewisser Rydlewitz. Hat es da eine WG gegeben?"

„Da waren immer mal Leute", antworte Frau Wewering, „aber eine WG?"

„Also welche, die da dauerhaft gewohnt hätten - nee", erklärte ihr Mann.

„Das wäre ja auch illegal gewesen", warf Harnach ein.

„Wissen Sie, da war immer was los", sagte Wewering.

„Aber eigentlich kamen da immer andere", ergänzte seine Frau.

„Vielen Dank", sagte Harnach und stand auf, „Sie haben mir sehr geholfen."

„Noch einen Schnaps?" fragte Wewering.

„Nein, vielen Dank, ich muss ja noch fahren."

Die beiden alten Leute brachten ihn zur Tür.

Harnach überreichte ihnen seine Visitenkarte: „Wenn Sie einmal Probleme haben und meine Hilfe brauchen."

Wewering und seine Frau bedankten sich gerührt und demütig, Harnach aber verabschiedete sich schnell und machte sich auf den Weg nach Hause.

3

Das Haus, das Harnach von seinen Eltern geerbt hatte, befand sich in einer Seitenstraße der Nevigeser Straße, unweit des Borussen-Sportplatzes. Es war ein richtiges Schmuckstück geworden, seit er es in den letzten fünf ertragreichen Jahren hatte ausbauen und verschönern lassen. Kein Wunder also, dass es Iris hierher an seine Seite zog. Er hatte nichts dagegen. Sie durfte ruhig weiterträumen.

Der einzige Schandfleck war die Garage, die sein Vater vor über dreißig Jahren hatte bauen lassen. Der Stellplatz darin war leicht abschüssig, so dass es geboten war, rückwärts hineinzufahren, nachdem man mit Muskelkraft das Garagentor geöffnet hatte. Wie antiquiert und umständlich das war. Eigentlich sollte er sich schnellstmöglich eine neue Garage hinstellen lassen, deren Tor sich bequem per Fernbedienung betätigen ließ. Aber war es andererseits nichts besser, wenn man auf dem Teppich blieb und die Kohle nicht für jeden Schnickschnack rausschmiss?

Auch heute schloss Harnach per Hand das Garagentor, bevor er seine Haustür öffnete und die Diele betrat. Er ging in sein Büro, das groß und ruhig war und am Tag einen schönen Blick in den rückwärtigen Garten bot. Er teilte es sich seit einigen Wochen mit dem Kleinen. Dort hörte er die Nachrichten auf seinem Anrufbeantworter ab.

Es war nichts Interessantes darunter, aber wieso sollten ihn die von Meißen auch ausgerechnet am Sonntag anrufen?

Harnach schaltete das Licht aus und stieg hinauf zu seiner Wohnung im ersten Stock. Es stank immer noch, fiel ihm einmal mehr auf, als er eintrat. Seit er selbst nicht mehr rauchte, galt in seiner Wohnung ein Rauchverbot für alle, aber der Gestank hing noch überall: in den Polstermöbeln, den Gardinen und Tapeten. Es war widerlich.

Er ging ins Schlafzimmer, schaltete den Fernseher an

und zappte zwischen MTV und Viva hin und her. Musikvideos waren das Einzige, was ihn an diesem ganzen Schwachsinn interessierte, obwohl er natürlich auch hier alles durchschaute - die ganzen hübschen und aufreizend gekleideten Frauen, die da vor der Kamera herumhüpften, mit hoher mädchenhafter Stimme ihre Liedchen trällerten und sich dabei alle Mühe gaben, den Eindruck zu vermitteln, als hätten sie eine Lebensration Zärtlichkeit und Anschmiegsamkeit nebst einer dreifachen Portion Sinnlichkeit dringendst an den Mann zu bringen: Nur dir gebe ich mich hin, dir, Pickelgesicht, der du in Unterhemd und Jogginghose vor dem Fernseher sitzt und für höhere Einschaltquoten und neue Werbekunden sorgst. Auf welch banale und erbärmliche Weise betrogen sie einen. Alles war Betrug.

Er musste an die Journalistin denken. Natürlich würde sie nicht anrufen. Frauen wie sie mochten einen wie ihn nicht. Für die war er zu primitiv, ungebildet und unmoralisch. Recht und Moral, alles Edle und Gute wurde selbstverständlich von ihnen vertreten, und so fällten sie herablassend und selbstgefällig Urteile über alles und jeden. Oh, wie groß und erhaben sie sich doch fühlten. Dabei waren sie mindestens genauso spießig wie die anderen auch.

Wie aber mochte der Mann aussehen, der einer wie ihr gefiel? Wer fand Gnade vor ihren Augen? Ein Universitätsprofessor, den seine Studentinnen anhimmelten, ein Meister der Theorie, der in der Praxis keine Ahnung hatte? Ein kunstsinniger Millionär, der ihr seine Gemäldesammlung zeigte, deren Bedeutung er ihr, während sie sprachlos vor Ergriffenheit zuhörte, mit feierlichen Worten erläuterte, bevor er sie gepflegt flachlegte? Oder ein junger Revoluzzer, an dessen weltfremden Ideen sie sich berauschte, bis sie, ermüdet vom endlosen Gerede, nebeneinander einschliefen? Oder hatte sie mit Seinesgleichen ohnehin nichts im Sinn, sondern lebte mit einer Frau zusammen, die kurze Haare im Bürstenschnitt und indischen Schmuck trug und mit der sie über die abscheuliche Männerwelt räsonierte und dabei Gesundheitstee trank?

Aber was sollte es auch?

Er sah so lange dem bunten Treiben auf dem Bildschirm zu, bis er merkte, dass er nur zu müde war, um schlafen zu gehen. Dann riss er sich zusammen, stand unter Aufbietung all seiner verbliebenen Energie noch einmal auf, begab sich ins Bad, wo er sich wusch und die Zähne putzte, und ging anschließend zu Bett.

4

Er schlief lange, und als er nach unten in die Büroräume ging, war die Meybaum schon da. Sie war Ende vierzig, mollig und sehr gepflegt. Heute trug sie einen dunkelblauen Faltenrock und eine helle Rüschenbluse mit einem Halstuch in den Farben dunkelblau und weiß.

„Eine Vera Sander hat angerufen", sagte sie, nachdem sie sich begrüßt hatten, und reichte ihm einen Zettel mit einer Telefonnummer. Er konnte mit dem Namen nichts anfangen.

„Eine Journalistin", fügte sie hinzu.

Natürlich. Harnach schmunzelte. „Nun ja, mit der Presse muss man sich gut stellen."

Er ging in sein Büro und wählte die Nummer. Im Verlagshaus teilte man ihm mit, dass Frau Sander außer Haus sei. Er erreichte sie unter ihrer Handynummer.

„Wann haben Sie Zeit?" fragte die Journalistin, und fast hätte er "immer" geantwortet, aber er beherrschte sich.

„Wann wäre es Ihnen recht?"

Sie verabredeten sich für fünf Uhr nachmittags im Café Mozambique.

Dann ging er wieder zur Meybaum ins Vorzimmer und ließ sich die Zeitung geben.

„Wir sind wieder drin", sagte seine Sekretärin nicht ohne Stolz.

„Genau deshalb will ich sie ja lesen, oder glauben Sie, mich interessiert der ganze übrige Quatsch?"

Er erschien auf die Minute pünktlich und stellte erfreut fest, dass sie ihn bereits erwartete. Sie begrüßten sich höflich. Dann nahm er Platz und ließ seinen Blick kurz durch das Café schweifen. Es bestand aus einem nicht allzu großen, länglichen Raum – einem Schlauch geradezu, wobei die beiden Längswände an einer Seite zusammenliefen, während sich am anderen Ende, links vom Eingang, die Bar befand. Die vordere Längswand war die Fensterseite. Hier standen die Tische mit Bänken und Stühlen. An der rückwärtigen, holzvertäfelten Wand hing eine Unzahl von Plakaten. Ein großes fiel ihm ins Auge. Es warb für ein Rockkonzert auf der Hardt, das vor drei Monaten stattgefunden hatte.

Das Publikum bestand aus leger gekleideten Menschen zwischen zwanzig und fünfundvierzig, die dem Ganzen das Flair eines Künstler- oder Studentencafés verliehen. Er selbst hatte es zwei- oder dreimal besucht und dabei den Eindruck gewonnen, dass hier nicht die Frauen waren, die ihn interessierten. Er fragte sich, ob die Journalistin hierher passte?

„Ein nettes Café", sagte er, „sind Sie öfters hier?"

„Ja, das kann man sagen, ", antwortete sie lächelnd, „es ist fast eine Art Stammlokal." Dann zündete sie sich eine Zigarette an.

„Ich habe Ihren Artikel übrigens gelesen und fand ihn ganz in Ordnung", bemerkte er.

„Wir sind objektiv und ausgewogen", sagte sie und lächelte erneut, „wundert Sie das?

„Natürlich nicht. Wir hatten in den letzten fünf Jahren ein Auftragsvolumen von 42 Millionen. Wir schaffen Arbeitsplätze."

„Arbeit vergeben Sie schon", sagte sie, ohne ihn anzublicken, und er wartete auf das Aber.

„Kommen Sie sich nicht wie ein Schwein vor, wenn Sie die Handwerker nicht bezahlen?"

Diesmal schaute sie ihm in die Augen. Weder in ihrer Stimme noch in ihrem Blick lag Bösartigkeit oder Verärgerung. Sie schien traurig zu sein und enttäuscht - von ihm enttäuscht.

„Ich bezahle die Handwerker, aber nicht..."

„Ihre Angebote sind so niedrig", unterbrach sie ihn, „dass Sie die Handwerker gar nicht vollständig bezahlen *können*."

„Ich bezahle für anständige Arbeit, nicht für Pfusch."

Auch ihr gegenüber zog er sich auf seinen Standardsatz

zurück, aber es gelang ihm nicht, seinen Ärger zu unterdrücken.

„Ich weiß, wir sind alle Abzocker, Ausbeuter, halbe Mafiosi. Ich leugne es nicht, es gibt schwarze Schafe in unserer Branche. Aber wenn Sie nur gekommen sind, um sich Ihre Vorurteile über unseren Berufsstand und mich bestätigen zu lassen, dann muss ich Ihnen sagen, dass ich das langweilig finde."

Er fragte sich, wieso er plötzlich so entsetzlich schwafelte. Es konnte doch nicht sein, dass ihn die blöde Tussi verlegen machte.

Sie aber lächelte ihn an und sagte:

„Mit der Ludwig-Villa hat alles angefangen?"

„Sie haben ja gut recherchiert", lobte er. „Auch das so ein Vorurteil über unseren Berufsstand", fügte er - im Tonfall wieder viel versöhnlicher - hinzu, „man denkt, wir telefonieren ein bisschen herum und stecken die fette Kohle ein. Dabei muss man hart arbeiten, bis man sich etabliert hat. Ich konnte mich drei Jahre lang gerade so über Wasser halten. Aber die Ludwig-Villa war der Durchbruch. Da haben Sie recht."

Sie gefiel ihm. Ihre Haare glänzten rötlich, wenn das Sonnenlicht durchs Fenster fiel.

Ihr Gesicht erinnerte ihn an das einer französischen Schauspielerin, an deren Seite er sich als Jugendlicher monatelang geträumt hatte. Um die Augen, die grau mit einem leichten Stich ins Grüne waren, hatte sie vereinzelt kleine Fältchen, was sie für ihn nur noch attraktiver machte. Er wollte Frauen, keine Mädchen.

Von Wollen, Können oder Dürfen war im Moment natürlich noch gar keine Rede.

„Seit wann sind Sie im Tal?" fragte er.

„Seit 34 Jahren – ich bin hier geboren. Einmal war ich ein Jahr weg. Ich habe in Konstanz am Bodensee gearbeitet – eine schöne Gegend dort, aber es hat mich wieder hierher zurückgezogen."

„Das verstehe ich sehr gut", bestätigte er und gab seinem Blick einen melancholischen Anstrich. Allerorten hatten die Eingeborenen ein sentimentales Verhältnis zu ihrer Heimatstadt, aber sein Versuch, auf dieser Schiene eine Art Gemeinsamkeit, Verbundenheit und Annäherung zu erzielen, schlug fehl. Ohne im Geringsten darauf einzugehen, stellte sie noch ein paar belanglose Fragen zu seiner Firma und den laufenden Projekten, dann schaute sie auf die Uhr und erklärte, dass sie zum nächsten Termin müsse.

Sie winkte der Kellnerin, aber Harnach, ganz Mann von Welt, sagte, sie solle sich nicht aufhalten lassen. Die Rechnung übernehme er.

Als sie das Lokal verließ, blickte er ihr hinterher. Er sah, wie sie draußen am Fenster vorbei ging, dann die Luisenstraße schräg querte und schließlich in die Untergrünewalder Straße bog. Sie drehte sich nicht zu ihm um.

Er dachte kurz daran, Iris anzurufen, ging dann aber an der Gathe eine Pizza essen.

Was war es, was die einen interessant machte und die anderen langweilig? fragte er sich, während sein Blick auf ein Paar fiel, das genauso schweigend dasaß und aß wie er selbst. Gegen halb neun Uhr stieg er in sein Auto, um nach Hause zu fahren.

Als er zu dort ankam, erwartete ihn eine Überraschung.

5

Zwei Fenster waren eingeschlagen, und die ganze Frontseite des Hauses hatte man beschmiert. *Miethai, Ausbeuter, Wir kriegen dich noch*, das umkreiste große *A* stand in blutroten Lettern darauf. Die übrige Fläche war wild mit Streifen und Kreisen besprüht. Alles war versaut.

Harnach schäumte vor Wut. *Er* war fair gewesen. Er hatte sich der Diskussion gestellt. Man hatte ihn kritisieren können. Und jetzt das! Diese Sauerei, ein feiger, heimtückischer und hinterhältiger Anschlag auf ihn. Man sollte die Köpfe der Verbrecher gegen die Wand knallen, bis das Zwergenhirn herausspritzte. Er war so außer sich, dass er sich beinahe mit den Steinen, die den Weg durch den Vorgarten begrenzten, an seiner eigenen Hauswand abreagiert hätte.

In was für einer Welt lebten wir eigentlich, fragte er sich bitter. Sachbeschädigung und überhaupt jede Form von Eigentumsdelikten waren doch mittlerweile eine Art allseits tolerierter Volkssport geworden, Delikte, die von der Polizei mit der gebotenen Halbherzigkeit verfolgt wurden. Und wenn diese Blindfische von Bullen trotz ihres Untalents einen dieser kriminellen Schmierfinken zu fassen kriegten, was blühte dem dann?

Wanderte er dann da hin, wo er hingehörte, in den nächsten Steinbruch, um endlich einmal das Arbeiten zu lernen?

Natürlich nicht. Zuerst kam ein Sozialarbeiter und triefte Mitleid, und anschließend trat irgendein alternativer

Verschönerungsverein auf den Plan und erklärte die ganzen Schmierereien zur Kunst.

Es war einfach zum Kotzen.

Nachdem er sich ein wenig beruhigt hatte, ging er zu den Nachbarn, klingelte sie aus ihren Häusern, aber niemand hatte etwas gesehen. Auch das war wieder einmal typisch. Keiner sah mehr, was um ihn herum vor sich ging.

Schließlich rief er doch die Polizei an. Dort reagierte man gelassen. Man bat ihn, sich im Laufe des morgigen Vormittags im Polizeipräsidium einzufinden, man werde den Vorfall dort aufnehmen. So dringend sei es ja nicht.

Natürlich nicht. Sie behandelten die Angelegenheit genauso, wie er erwartet hatte. Dennoch war er enttäuscht. Schon als er auflegte, bereute er, dass er angerufen hatte.

6

„Solche Schmierfinken, das ist ja unglaublich", rief die Meybaum aus, als sie am nächsten Morgen das Büro betrat. „Herr Harnach, so etwas haben Sie nicht verdient, Sie sind ein so fairer Arbeitgeber, und ich verstehe überhaupt nicht, wie man so etwas von Ihnen sagen kann."

„Danke", sagte Harnach, beinahe gerührt. Der Kleine reagierte emotionsloser.

„Meinst du, die können dir helfen?" fragte er skeptisch, nachdem ihm Harnach gesagt hatte, dass er die Polizei eingeschaltet hatte.

„Zunächst musst du mir helfen", entgegnete Harnach, „ruf die Versicherung an und besorg mir Maler, die alles überpinseln, sobald der Schaden begutachtet ist. Und fahr zu Wollweber und sag ihm, er soll sich für alle Fälle bereit halten. Wenn wir den Auftrag von Meißen bekommen, müssen wir schnell reagieren. Ich werde währenddessen bei der Polizei meine Zeit vergeuden."

Als Harnach seinen schwarzen BMW auf den Parkplatz des Polizeipräsidiums fuhr, war sein Selbstbewusstsein noch ungebrochen. Den Parkwächter, der ihm zunächst die Zufahrt verweigern wollte, wies er mit klaren Worten darauf hin, dass er als Zeuge geladen und die Polizei schließlich auf Zeugen wie ihn angewiesen sei, und erstritt so eine Parkmöglichkeit. Nachdem er jedoch ausgestiegen war und das Gebäude betrat, empfand er ein immer stärker werdendes Unbehagen. Hatte er nun eine zu oberflächliche Wegbeschreibung erhalten, oder war ihm gar sein sonst verlässlicher Orientierungssinn abhanden gekommen? Er fühlte sich jedenfalls schon bald in den Gängen des Präsidiums verloren und bat einen Beamten, einen Mann in seinem Alter, der ihm entgegenkam, um Auskunft.

„Es geht also um Sachbeschädigung", stellte der Beamte fest. „Sie müssen bis zum Ende des Ganges gehen. Dann ist es links das Zimmer 122."

Harnach bedankte sich. „Gern geschehen", entgegnete der Beamte lächelnd.

Der Mann war groß gewachsen und schlank, seine Haare dunkelbraun und dicht, und in seinem weder weichen noch zu markanten Gesicht stachen die blauen Augen hervor. Er hatte es wahrscheinlich leicht bei Frauen, wenigstens solange der spröde Charme der Amtsstuben nicht zu stark auf ihn abfärbte. Aber etwas irritierte Harnach: Normalerweise gaben die Leute sachlich und freundlich Auskunft. Manche taten es unwillig, denn sie hatten wichtige Dinge zu tun, und man hielt sie auf. Der da aber hatte ein fast schon amüsiertes Interesse an Harnach gezeigt. Vielleicht war das eine Berufskrankheit. Auf alle Fälle lag er schief, denn er - Harnach - war nicht Täter, sondern Opfer.

Diese Überlegungen traten in dem Moment zurück, als er Zimmer 122 betrat, an dessen Tür unter der Nummer der Name *Meinke* stand.

Der Eindruck war überwältigend. Die technischen Entwicklungen der letzten beiden Jahrzehnte waren an diesem Büro spurlos vorübergegangen. Der diensthabende Beamte saß nicht am Computer, sondern hämmerte mit zwei Fingern auf eine vorsintflutliche mechanische Schreibmaschine ein. Der Mann selbst war ebenfalls ein Auslaufmodell, eine schmächtige Gestalt mit dünnem, grauem Haar. Sein Alter schätzte Harnach auf hundert bis hundertfünfzig Tage vor der Pensionierung. Er würde ihm die genaue Zahl der noch verbleibenden Tage jederzeit nennen können, da er sie - da war sich Harnach vom ersten Moment an sicher - wie ein Gefangener abzählte und absaß.

Dass der Beamte Harnach zunächst keines Blickes würdigte und in aller Seelenruhe seinen Text zu Ende schrieb, passte nur zu gut ins Bild.

Schließlich zog er die Bögen aus der Maschine, legte das oberste Blatt in die Ablage, das Kohlepapier kam in die zweite Schublade von oben und der Durchschlag in einen LEITZ-Ordner. Erst als all diese Arbeiten bedächtig und sorgfältig ausgeführt waren, wandte er sich Harnach zu.

„Sie wünschen?"

„An meinem Haus wurden zwei Fensterscheiben eingeworfen und die Frontseite durch Besprühen verunstaltet."

„Sie hatten gestern angerufen?"

Harnach nickte.

„Vandalismus", bemerkte Meinke nachdenklich, und Harnach zuckte mit den Achseln.

„Sie wollen also Anzeige erstatten?"

Harnach nickte.

„Gut, dann nehme ich die Anzeige auf."

Er spannte nun zwei Formulare einschließlich Kohlepapier in die Schreibmaschine, und die Prozedur begann. Der ganze Vorgang gestaltete sich etwas umständlich. Was Harnach aber wirklich überraschte, war die Tatsache, dass der Fall mit der Aufnahme des Protokolls für den Beamten ganz offensichtlich erledigt schien.

„Und?" fragte er.

„Guter Mann, wir können doch keinen Beamten als Aufpasser an Ihren Gartenzaun stellen."

„Und...wollen Sie den Schaden nicht einmal begutachten?"

„Ja, das werde ich tun", entgegnete Meinke nach einer kurzen Pause. Es schien ganz so, als habe ihn Harnachs Vorschlag zunächst überrascht, nach einigem Nachdenken aber überzeugt.

„Ich werde im Laufe des Nachmittags zu Ihnen kommen."

„Könnten Sie mir vielleicht eine genauere Zeit nennen?" fragte Harnach, „ich bin beschäftigt..."

„Nein", antwortete Meinke und wandte sich wieder seiner Arbeit zu.

Wieder zu Hause angekommen, nahm Harnach erneut das Angebot an Meißen zur Hand. Er erwartete, dass sich Meißen in den nächsten Tagen rührte, und dann musste er schnell reagieren. Er wollte daher sein Angebot noch einmal Punkt für Punkt durchgehen, um zu sehen, wo er Meißen noch entgegenkommen konnte, ohne dass es ihn allzu viel kostete.

Aber er merkte schnell, dass er heute nicht bei der Sache war. Er blätterte unkonzentriert in seinen Unterlagen, aber in Wirklichkeit wartete er auf Meinke, denn die ganze Geschichte beschäftigte ihn doch mehr, als ihm lieb war. Seine Gedanken kreisten ständig darum. Waren, fragte er sich, tatsächlich verbohrte Ideologen am Werk gewesen vom Schlage dieser Traumtänzer aus der Wiesenstraße? Oder steckte doch ein geschäftlicher Konkurrent dahinter? Ging es vielleicht gar nicht um diesen ganzen Sozialkitsch mit Ausbeutung und armen alten Leuten, die sich ihre Wohnungen nicht mehr leisten konnten, sondern einfach nur um Meißen? Und dieser skurrile Meinke? Konnte er ihm helfen? Oder besser: *Wollte* er ihm überhaupt helfen?

Meinke erschien exakt um halb vier. Auf einer Gartenbank saßen bereits die beiden bestellten Maler in den Startlöchern, um die Verunzierungen direkt nach der polizeilichen Inspektion zu übermalen.

„Bei Ihnen geht ja alles schnell", bemerkte der Beamte.

„Ich bin organisiert", stellte Harnach klar.

„Miethai, Ausbeuter", las Meinke laut und mürrisch und blickte Harnach lauernd an. „Man wirft Ihnen vor, dass Sie Altbauwohnungen entmieten und die Handwerker nicht anständig bezahlen."

„Verleumdungen, die jeder Grundlage entbehren", entgegnete Harnach leise. Er wollte dieses Thema nicht vor den wartenden Malern ausdiskutieren.

Der Beamte nickte, was Harnach als Zeichen der Kenntnisnahme, nicht der Zustimmung interpretierte. Plötzlich hellte sich das Gesicht des alten Kommissars auf. Er schien auf der Straße etwas bemerkt zu haben. Die Maler blickten ebenfalls in diese Richtung, so dass sich auch Harnach umdrehte.

Es war Vera, die am Gartentor stand und eigentlich überflüssigerweise fragte, ob sie eintreten könne.

„Kommen Sie, junge Frau", rief Meinke erfreut.

„Die Zusammenarbeit zwischen Polizei und Presse klappt ja ausgezeichnet", bemerkte Harnach leise.

„So muss es sein", entgegnete Meinke ruhig.

„Darf ich Sie dennoch um Diskretion bitten?"

Der Beamte schüttelte schmunzelnd den Kopf: „Wir sind eine Behörde und kein Dienstleistungsunternehmen. Und Sie sind Bürger und kein Kunde. Aber", fügte er versöhnlicher hinzu, „selbstverständlich posaunen wir nichts unnötig hinaus."

„Was posaunen Sie nicht heraus?" fragte Vera lachend, die nun vor den beiden Männern stand.

„Dass hier Vandalen am Werk waren oder Leute, die mit

Herrn Harnach Probleme haben."

„Und was werden Sie tun?" fragte Harnach.

„Wir werden ermitteln", antwortete Meinke, „aber hier bin ich jetzt fertig. Die beiden" - er deutete auf die Maler - „können jetzt loslegen." Dann verabschiedete er sich von Harnach und der Journalistin.

„Also Sie schon wieder", sagte Harnach nach kurzem Schweigen.

„Bei Ihnen ist halt immer etwas los."

„Wenn Sie meinen Namen erwähnen, mache ich Ihre Zeitung regresspflichtig."

„Wofür?"

„Das werden Sie schon sehen. Ich drücke Ihnen einen Prozess aufs Auge."

„Herr Harnach, mit Drohungen erreichen Sie überhaupt nichts. Ob und in welchem Umfang wir über eine Sache berichten, hängt nur davon ab, an welchen Informationen die Öffentlichkeit ein berechtigtes Interesse hat."

Harnach schüttelte nur unwillig den Kopf angesichts solcher Plattitüden.

„Ich habe Sie jedenfalls gewarnt."

„Sie sind im Moment ja richtig gefährlich", sagte Vera, „da gehe ich lieber."

Sie sprach immer noch im scherzhaften Ton und war offenbar nicht bereit, sich ihre gute Laune verderben zu lassen.

„Es ist ja nicht gegen Sie persönlich", lenkte Harnach ein.

„Danke", entgegnete Vera und schmunzelte.

„Sieht man sich mal?"

„Vielleicht." Sie lächelte, dann aber schaute sie auf die Uhr. „Ich muss weiter."

Sie verließ den Garten, während Harnach die Maler aufforderte, mit der Arbeit zu beginnen.

Keine zehn Minuten später kam der Kleine zurück und berichtete. „Wollweber ist an einer Zusammenarbeit mit dir sehr interessiert. Er sagt auch, dass er flexibel sei. Solange die Verträge aber noch nicht unter Dach und Fach wären, könne er sich nicht Däumchen drehend verfügbar halten, weil er und seine Leute schließlich von etwas leben müssten."

Harnach hatte nicht zugehört und dankte dem Kleinen zerstreut für seine Hilfe. Dann sagte er: „Ich habe die ganze Zeit überlegt, aber das war kein Vandalismus. Da hat sich, glaube ich, auch niemand abreagiert, der sich ungerecht behandelt fühlte."

„Du meinst also, dass etwas ganz anderes dahintersteckt?" fragte der Kleine mit ernstem Gesichtsausdruck.

„Ganz sicher", bekräftigte Harnach, „die ganze Geschichte ist oberfaul."

Er musste nicht einmal eine Stunde warten, bis seine Überlegungen bestätigt wurden.

2. AKT

1

Der Maler hatte die Seiten gewechselt. Er betrat am späten Nachmittag die bescheidenen Räume der *Galerie Le Blanc* in der Elberfelder Nordstadt. Ruhig und interessiert schritt er die Gemälde ab, auf denen Menschen auf verfremdete Weise dargestellt waren - bedauernswerte Gestalten, viel hässlicher, ängstlicher und leidender als in der Wirklichkeit.

Die Frau, die sich neben ihm als einzige in der Galerie befand, stand hinter einem Schreibtisch an der rückwärtigen Wand des größeren der beiden Räume und beobachtete den Maler. Dann trafen sich ihre Blicke.

„Sie sind doch...", sagte sie.

„Genau der bin ich", unterbrach er sie und deutete auf die Bilder.

„Das hat Kraft - würde ein Kritiker sagen", erklärte er tief beeindruckt, wobei er das Wort *Kritiker* mit einem säuerlichen Gesichtsausdruck unterlegte und so zum Ausdruck brachte, dass er sie nicht zu seinen Freunden zählte.

„Es ist sehr schön, dass Sie gekommen sind", sagte sie, und in ihrem Ton lag eine ehrliche Freude, die bewies, dass sie sich tatsächlich geehrt fühlte. „Finden Sie meine Sachen wirklich gut?

Der Maler lächelte. Er nahm den Stuhl, der auf der anderen Seite des Schreibtischs stand, zog ihn zurück, ließ sich darauf fallen und streckte seine Beine weit aus, so dass er nun darauf herumfläzte wie ein besonders cooler Teenager.

Er schätzte sie auf Anfang dreißig. Sie hatte lange, etwas strähnige blonde Haare und schien nicht viel Wert auf modische Kleidung zu legen. Sie trug eine ausgewaschene Jeans und ein T-Shirt, was sie jugendlich erscheinen ließ und einen Kontrast zu den Falten bildete, die ihre Augen umgaben und für eine Frau ihres Alters zahlreich und ausgeprägt waren, so dass sie auf den Maler wie ein früh gealtertes Mädchen wirkte.

‚Eine leidende Künstlerin', dachte er. Ein lächerliches Klischee, aber immer wieder lustig. Es machte sie ihm sympathisch.

„Wenn mir Ihre Bilder nicht gefallen würden, würde ich Ihnen raten, zu Aldi an die Kasse gehen oder als Toilettenfrau Ihr Dasein zu fristen – oder als billige Hure, die in dunklen Ecken und nächtlichen Parks für wenig Geld schmutzige, stinkende Schwänze lutscht, verseuchte Körpersäfte schluckt und sich dabei am eigenen Leid ergötzt wie eine Figur Dostojewskis." Er lachte. Diese Vorstellung war wirklich witzig.

„Sie haben eine sonderbare Phantasie", bemerkte sie und zündete sich eine Zigarette an.

Für einen Moment interessierte es ihn plötzlich, ob sie sich über sein Kommen gefreut hatte, weil sie sein Werk wirklich bewunderte oder ob sie wie alle nur dem Erfolg huldigte.

„Haben Sie schon etwas verkauft?" fragte er.

Sie nickte. „2 Bilder bis jetzt, für insgesamt 900, aber das reicht natürlich nicht. Davon kann ich nicht leben."

„Und?"

„Ich arbeite, wenn Sie erlauben, weder als Klofrau noch

als Prostituierte, aber mit Aldi lagen Sie gar nicht so falsch. Ich arbeite viermal die Woche als Verkäuferin in einem Eine-Welt-Laden."

„Das ist edel, legt aber den Verdacht nahe, dass ich auch mit *wenig Geld* nicht so falsch lag."

Sie zuckte mit den Achseln.

„Wenig Geld bedeutet viel Zeit, viel verlorene Zeit."

Er schüttelte den Kopf. „Das ist Scheiße." Dann stand er auf zeigte auf die Bilder.

„Darin steckt Potential", rief er aus, „ein unglaubliches Potential." Er war kein Kritiker, aber ein Künstler erkannte seinesgleichen.

„Wissen Sie, worauf es ankommt?"

Sie antwortete nicht, sondern blickte ihn nur an.

„Inspiration", sagte er, aber es klang nicht wie die alles entscheidende Antwort, sondern wie eine weitere Frage.

„Inspiration ist die dümmste Ausrede aller phlegmatischen Weicheier. Sie schwätzen, zerstreuen sich, stehen unter dem Joch ihres Freizeitprogramms wie die anderen Bildungsbürger auch, aber sie sagen: ‚Ich warte auf Inspiration' und es bedeutet: ‚Ich sitze hier lethargisch auf meinem Arsch, und das gefällt mir.'"

Er hatte seine letzten Worte überzeichnet und in fast schrillem Tonfall gesprochen, kehrte nun aber zum sachlichen Ton zurück. „Stehen Sie früh auf. Trinken Sie, wenn Sie Lust haben, italienischen Kaffee, dann arbeiten Sie. Wenn Sie eine Pause brauchen, machen Sie eine, aber nur solange, bis sie wieder neue Kräfte gesammelt haben. Dann arbeiten Sie weiter, bis die Arbeit des Tages getan ist.

Danach können Sie machen, was Sie wollen. Treffen Sie Freunde, lassen Sie sich lieben, oder schauen Sie sich irgendeinen Schrott im Fernsehen an mit schönen Menschen und viel Blobloblo." Er sprach das *a* tatsächlich wie ein *o*, so als wäre er am Kindertheater tätig und dürfte dort in der Rolle des Frosches glänzen.

„Aber glauben Sie nicht", fuhr er in wieder schneidigerem Ton fort, „dass Sie jemals frei sind." Er lachte.

„Eine Sklavin der Kunst", sagte er unvermittelt und wartete einige Sekunden, als wolle er testen, ob sie durch diese Worte stimuliert würde.

„Sklavin der Kunst. Klingt absolut geil, ist aber Quatsch. Sie sind", flüsterte er voller Pathos, „eine Sklavin des Lichts."

„Sie sind allein?" fragte er plötzlich, und sie schwieg.

„Stellen Sie sich vor, Sie begegnen dem Mann Ihres Lebens. Sie wissen, dass er Sie bis ans Ende aller Zeiten lieben wird und dass in seinen Armen – genau wie beim Malen – all Ihre Angst und Verzweiflung für kurze Zeit ersterben werden. Und sie wissen auch, dass dieser Mann nur dieses eine Mal ihren Weg kreuzen wird - dann vergessen Sie ihn, wenn Sie in diesem Moment genau das Licht haben, das Sie brauchen. Denn der Mann Ihres Lebens ist ein Dreck gegen das Licht."

Der Maler musste Luft holen. Er hatte laut und fanatisch gesprochen – wie ein Sektierer auf Menschenfang. In diesem Moment jedoch wurde die Tür zur Galerie von außen geöffnet, genauer gesagt wurde sie von einem Mann Mitte fünfzig, der ein modisches Halstuch trug, einer etwa gleichaltrigen Frau offengehalten, die nun vor dem Mann eintrat.

Der Maler drehte sich unwillkürlich um. Er sah das Halstuch des Mannes, und das genügte ihm schon. Er wusste Bescheid.

„Kundschaft", sagte er wieder völlig entspannt zu der Malerin, „ich geh dann mal."

„Tun Sie das", entgegnete sie ruhig und ernst.

„Viel Glück", wünschte er ihr noch, dann drehte er sich um, grüßte die Eintretenden höflich und verließ die Galerie.

2

Harnachs Telefon klingelte und die Meybaum teilte ihm mit, dass ihn ein Herr Lorenzo sprechen wolle. Harnach kannte keinen Herrn Lorenzo, ließ den Anruf aber trotzdem durchstellen.

„Wir raten Ihnen dringend, Ihr Angebot zurückzuziehen", sagte ein Mann mit südländischem Akzent ohne jede Einleitung.

„Und wieso sollte ich das tun?" fragte Harnach und notierte die Nummer des Anrufers.

„Es ist nur zu Ihrem Besten."

„Hören Sie, Herr Lorenzo oder wer auch immer. Ich werde mein Angebot nicht zurückziehen."

„Überlegen Sie es sich!"

Der Mann, der sich Lorenzo nannte, legte auf.

Der Kleine griff direkt zum Telefonbuch. Harnach ging zu ihm und legte den Zettel mit der Nummer vor ihm auf den Tisch. Das Ergebnis war erwartungsgemäß negativ. Es gab zwar einige Lorenzos, doch keiner hatte die passende Nummer.

Um sicher zu gehen, rief der Kleine die Auskunft an. Es hatte sich kein neuer Lorenzo angemeldet.

Sie wählten die Nummer, aber es meldete sich niemand.

„Von da her weht also der Wind", konstatierte Harnach.

„Es wird Zeit, dass wir unseren Freunden aus der Wiesenstraße was zahlen", warf der Kleine ein.

Harnach nickte. „Mehr als Lorenzo."

In diesem Moment klingelte das Telefon erneut. „Ja", rief Harnach unwirsch, aber dann änderte sich sein Tonfall. „Stellen Sie durch", sagte er in einem Ton, als könne er es gar nicht erwarten, beherrschte sich aber und meldete sich mit professioneller Freundlichkeit.

„Guten Tag, Herr Dr. Gerhard."

„Morgen direkt um halb neun. Das ist sehr gut, das lässt sich einrichten."

„Also dann bis morgen. Auf Wiedersehen."

Harnach legte auf und ballte die Faust. Endlich. „Meißen", sagte er, „das andere hast ja sowieso mitbekommen."

3

„Es freut mich, dass Sie direkt Zeit finden konnten", sagte Dr. Gerhard zu Harnach, nachdem sich die beiden

Herren begrüßt hatten, und Harnach fühlte sich einen Moment lang auf den Arm genommen.

„Nehmen Sie doch Platz. Darf ich Ihnen etwas anbieten?"

Da Dr. Gerhard schon den Griff der Kaffeekanne in der Hand hielt, die neben den für Harnach und ihn selbst bereitgestellten Kaffeegedecken auf dem Schreibtisch stand, lehnte Harnach nicht ab.

„Ihr Angebot ist nicht uninteressant", bemerkte Dr. Gerhard, während er einschenkte, „so als Einstieg. Aber Sie sind natürlich nicht der Einzige."

„Wann werden Sie sich entscheiden?"

„Auf den Tag genau zum Ende des Geschäftsjahres."

„Das ist bei Ihnen der 30. September?"

„Sie sind gut informiert." Dr. Gerhard lächelte. „Sie haben also noch Zeit."

Dann stellte er noch einige Fragen zu einzelnen Punkten des Angebots, das Harnach vorgelegt hatte. Harnachs Auskünfte schienen ihn zufriedenzustellen.

Schließlich erhob er sich und reichte Harnach die Hand.

„Vielen Dank, dass Sie sich Zeit genommen haben."

Auch Harnach bedankte sich.

Er war schon an der Tür, als ihn Dr. Gerhard noch einmal ansprach. Er stand hinter seinem Schreibtisch und hielt die Kaffeetasse in der Hand.

„Sie haben im Moment Schwierigkeiten?"

„Ich?" fragte Harnach zurück. Er war derart überrascht, dass er fast aus der Fassung geriet. „Entschuldigen Sie, aber es ging uns noch nie besser. Ich habe Ihnen doch die Liste unserer Projekte der letzten Jahre..."

„Nein, nein", unterbrach ihn Dr. Gerhard freundlich, „ich habe etwas von Problemen mit den Mietern der von Ihnen sanierten Wohnungen gehört."

„Herr Dr. Gerhard", entgegnete Harnach, der sich jetzt wieder unter Kontrolle hatte, lächelnd, „Sie wissen doch selbst, dass unsere Konkurrenz mit unserem Angebot nicht mithalten kann. Also kämpfen sie mit anderen Mitteln."

„Ach so sehen Sie das", bemerkte Dr. Gerhard. Jetzt schien *er* sich zu wundern. Er setzte sich.

„Aber verstehen Sie mich nicht falsch. Ihr Angebot ist nicht schlecht, keineswegs."

Während er die beiden letzten Sätze wie zerstreut sprach, hatte er Harnach gar nicht mehr angesehen, sondern auf die Papiere geblickt, die auf seinem Schreibtisch lagen, und Harnach verließ das Büro.

„Unser Angebot ist das beste, aber die wollen uns natürlich noch weiter drücken", sagte er, als er wieder ins Auto stieg.

„Und?" fragte der Kleine.

„Natürlich gehen wir runter", antwortete Harnach, „bis so weit über die Schmerzgrenze."

Dabei hielt er Daumen und Zeigefinger seiner rechten

Hand so, dass dazwischen nur ein Millimeter lag.

Der Kleine nickte.

„Diesen Dr. Gerhard sollten wir ganz individuell betreuen lassen", sagte Harnach und lächelte versonnen, „aber zunächst müssen wir uns einmal die Penner aus der Wiesenstraße vom Hals schaffen."

„Ich habe mit denen ausgemacht, dass wir heute Abend vorbeikommen."

„Meinst du, die beißen an?"

„Auf Kohle? Sicher."

4

Als Harnach und der Kleine die von einem Mann namens Rydlewitz angemietete Wohnung in der Wiesenstraße 11 betraten, waren vier Mitglieder der Wohngemeinschaft anwesend. Rydlewitz war nicht unter ihnen.

Die vier - eine Frau und drei Männer im Alter zwischen dreißig und fünfundvierzig – saßen stilecht an einem großen Tisch in der Küche. Sie empfingen Harnach und den Kleinen mit eisigem Schweigen. In ihren Gesichtern lagen tiefer Ernst, Abweisung und Tadel.

„Bei Ihnen geht's ja lustig zu", bemerkte der Kleine

„Was wollen Sie?" fragte einer aus der Runde, ein langer Hagerer, dessen Augenlider in unregelmäßigen Abständen zuckten.

„Wir wollen, dass Sie hier ausziehen", sagte der Kleine, „und wir wollen Ihnen Ihre Entscheidung erleichtern." Mit diesen Worten ließ er einen prall gefüllten Briefumschlag auf den Tisch fallen.

„Er will uns mundtot machen", protestierte die einzige Frau in der Runde, aber der Hagere nahm den Briefumschlag und begann, für alle sichtbar, die Geldscheine zu zählen.

Es waren 20.000 Euro, die er auf dem Tisch ausbreitete.

„Ihr Boss kann ruhig noch etwas drauflegen", kommentierte er und sah Harnach blinzelnd an. Er hatte die Machtverhältnisse durchschaut.

„Wir verhandeln nicht", erklärte der Kleine ruhig und bestimmt.

Alle schwiegen, während sich ein anderer aus der Gruppe in aller Ruhe eine Zigarette drehte. Nachdem er das Papier befeuchtet und sich die Zigarette angezündet hatte, sagte er:

„Das Angebot ist akzeptabel." Er schien der Anführer zu sein, denn es regte sich kein Widerspruch. Der Hagere zuckte mit den Achseln.

Die Frau blickte den Kleinen vorwurfsvoll an, und der Vierte, ein etwa vierzigjähriger und schon etwas fülliger Mann, tat das, was er die ganze Zeit getan hatte: Er zog mit ernstem Gesicht bedeutungsschwer an seiner Pfeife. Schließlich signalisierte aber auch er mit leichtem Kopfnicken seine Zustimmung.

„Dann sind wir uns ja einig", resümierte der Kleine und entnahm seiner Schreibmappe ein Blatt Papier und einen Kugelschreiber.

Er legte beides vor dem Mann mit der selbstgedrehten Zigarette auf den Tisch.

„Bitte bestätigen Sie mir, dass Sie 20.000 Euro zur

Begleichung der Umzugskosten erhalten haben."

„Das machen wir", entgegnete der Angesprochene, ohne auch nur einen Finger zu regen.

„Jetzt!" stellte der Kleine klar. „Und mit vier Unterschriften."

„Wenn's denn sein muss", sagte nun der Mann mit der Pfeife, und es klang so, als erfülle ihn hier ein ebenso lästiger wie sinnloser Akt der Bürokratie mit tiefem Abscheu. Dann setzte er das Schreiben auf, das alle unterschrieben.

Der Kleine nahm es entgegen, verabschiedete sich mit einem kurzen Gruß, den keiner erwiderte, und verließ gemeinsam mit Harnach die Wohnung.

„Gut gemacht", lobte Harnach. Der Kleine war schon jetzt weit mehr sein Partner und Kompagnon als bloßer Mitarbeiter.

„Gehen wir noch was trinken?" fragte Harnach, als sie am Wagen standen.

„Klar, ich bin dabei", antwortete der Kleine.

„Mit dieser Journalistin war ich gestern in einem Café, das ich nicht so schlecht fand."

„Weil dort hübsche Journalistinnen verkehren?"

„Steig ein, du Klugscheißer", sagte Harnach lachend, und sie fuhren zum Luisenviertel.

Im Café Mozambique setzten sich an den Tresen.

„Ruf doch mal Iris an und sag ihr, sie soll herkommen", sagte Harnach plötzlich.

„Ich?" fragte der Kleine erstaunt.

„Natürlich du, wer sonst?"

Der Kleine zuckte mit den Achseln und rief an.

„Und?" fragte Harnach, als der Kleine das Gespräch beendet hatte.

„Sie schien ein bisschen irritiert darüber, dass ich sie angerufen habe, macht sich aber trotzdem auf den Weg."

„Das freut uns doch alle", entgegnete Harnach.

Wenig später erschien Vera. Der Kleine grinste. Sie kam in Begleitung eines Paares, mit dem sie sich einen Tisch suchte. Bevor sie sich aber setzte, trat sie zwischen die beiden Männer an den Tresen.

„Das Café scheint ihnen gefallen zu haben", sagte sie bestgelaunt und steckte sich die Zigarette, die sie in der Hand gehalten hatte, zwischen die Lippen. „Haben Sie vielleicht Feuer für mich?"

„Es ist nicht schlecht", entgegnete Harnach und kam mit dem Feuerzeug, das er für solche Zwecke immer bei sich trug, ihrer Bitte nach.

„Danke", sagte Vera und strahlte.

„Sie sind an Meißen dran, deshalb sind sie so nervös."

„Wenn ich morgen in Ihrem Käseblatt etwas darüber lese, bin ich an Ihnen dran - und zwar an Ihrer Kehle."

„Sie machen mir ja schon wieder Angst", sagte sie und lachte ihn an.

„Aber wieso glauben sie eigentlich", fügte sie beiläufig

und schnell hinzu, „dass ich Ihnen schaden will?"
„So einem miesen Ausbeuter und Abzocker wie mir."
„Dem größten Baulöwen im Tal", korrigierte Vera schmunzelnd.

Machte sie sich jetzt nur noch lustig über ihn?

„Vielleicht noch nicht", widersprach er halbherzig und kühl, „übrigens: Ihre idealistischen Freunde aus der Wiesenstraße sind mittlerweile ganz zahm geworden." Dabei machte er die Geste des Geldzählens und bemerkte plötzlich, dass ihn der Kleine entsetzt anschaute. 'Wie kannst du so etwas einer Journalistin gegenüber ausplaudern?', stand überdeutlich in seinem Gesicht geschrieben. Aber jetzt war es sowieso zu spät.

„Ich wusste gar nicht, dass ich Freunde in der Wiesenstraße habe", erwiderte Vera trocken, „aber so ist die Welt eben. So und nicht anders." Sie ließ keinen Zweifel daran, dass er einmal mehr mit dem Versuch gescheitert war, ihr ihre prächtige Laune zu verderben. Dann blickte sie nach oben in den Spiegel, der über der Bar an der Wand hing und in dem sie den Eingang sehen konnte. „Ich glaube, da kommt jemand, der Sie kennt", sagte sie zu Harnach und drehte sich um.

Jetzt schaute auch Harnach in Richtung Eingang. Dort stand Iris und blickte unschlüssig zu ihnen herüber. Auch der Kleine hatte sie jetzt gesehen und hob den Arm, um sich bemerkbar zu machen.

„Da werde ich mich mal zurückziehen", sagte Vera, lächelte beide Männer an und ging wieder zu ihren Bekannten.

Iris nahm grußlos Veras Platz ein.

„Hast du jetzt schon nicht mehr die Zeit, mich selbst anzurufen?"

„War er denn nicht charmant?" Harnach lächelte.

„Er ist immer charmant", erwiderte sie und begann, in ihrer Handtasche zu kramen.

„Ich mag ihn." Sie schaute auf und ihre Blicke trafen sich. Der Kleine war Mitte dreißig und hatte immer noch das angenehme Aussehen eines pfiffigen Bürschleins. Mit ihm konnte man Pferde stehlen.

„Es geht um etwas Geschäftliches", begann Harnach.

Iris nahm sich eine Zigarette, blickte Harnach kurz an und suchte weiter nach ihrem Feuerzeug. Harnach hielt ihr das seine mit offener Flamme hin und grinste.

Sie bemerkte es und zündete sich ihre Zigarette an.

„Danke", sagte sie flüchtig.

„Dass die Frauen immer rauchen müssen", tadelte Harnach.

„Ausgerechnet du musst reden."

„Was willst du?" protestierte Harnach, „ich bin seit acht Monaten clean."

„Schön für dich. Also was gibt es geschäftlich zu besprechen?
„Ich brauche deine Hilfe, die Hilfe einer sehr attraktiven Frau."

„Und was springt dabei raus für mich?" fragte sie kühl, ohne auf seine Schmeichelei einzugehen. Harnach schüttelte lachend den Kopf.

„Schau sie dir an", kommentierte er in Richtung des Kleinen.

Dann wandte er sich mit siegessicherem Lächeln wieder an Iris:

„Drei Wochen Karibik statt Wuppertaler Novemberwetter - wenn alles klappt."

5

Die Angelegenheit wurde von den Dreien am folgenden Tag professionell erledigt: Der Kleine wartete im Wagen vor Dr. Gerhards Firma. In der Mittagspause folgte er ihm. Er hielt in der Nähe des italienischen Lokals, das Dr. Gerhard mit einem Geschäftspartner betrat. Per Handy benachrichtigte er Iris, die ein verboten kurzes weinrotes Sommerkleid trug und auf diesen Anruf bereits gewartet hatte. Keine zehn Minuten später wurde sie von Harnach zwanzig Meter vor dem Eingang des Lokals abgesetzt.

Iris betrat das Restaurant, erkannte den ihr zuvor beschriebenen Dr. Gerhard und setzte sich ihm zwei Tische weiter gegenüber, bemüht, bei ihrem Auftritt Beine und Dekolleté eindrucksvoll zur Geltung zu bringen.

Es ließ sich wahrlich nicht behaupten, dass die Kellner und die männlichen Gäste Iris konsequent ignoriert hätten, Dr. Gerhard allerdings würdigte sie keines Blickes.

Sie konnte noch so lasziv rauchen, noch so kokett mit dem Ober herumschäkern, sie konnte noch so anmutig essen und dabei noch so virtuos das leuchtende Rot ihrer Fingernägel und Lippen mit einem unschuldigen Kleinmädchenblick kombinieren, Dr. Gerhard zeigte nicht die geringste Reaktion.

Sie ließ sich jedoch nicht entmutigen. Nachdem sie gezahlt hatte und Dr. Gerhards Geschäftspartner endlich einmal die bekannte Örtlichkeit aufsuchen musste, nutzte Iris die Gelegenheit und tat kurzentschlossen genau das, was sie in der Fernsehwerbung gesehen hatte. Sie schrieb ihre Telefonnummer auf einen Bierdeckel und legte ihn Dr. Gerhard mit einem Lächeln auf den Tisch, um dann mit aufreizendem Gang das Lokal zu verlassen.

Im Fernsehen hatte die Methode bestens funktioniert.

Auch Dr. Gerhards Anruf ließ nicht lange auf sich warten.

„Sie erhöhen Ihre Chancen, indem Sie Ihr Angebot verbessern", erklärte er und hatte dabei offensichtlich Mühe, seinen Ton zu mäßigen, „aber nicht dadurch, dass Sie mir irgendwelche Nutten schicken."

„Ich verstehe Sie nicht ganz", entgegnete Harnach kleinlaut. Dann bemerkte er, dass der andere aufgelegt hatte.

„Scheiße", sagte er zu sich selbst, „verdammte Scheiße."

„Meißen?" fragte der Kleine besorgt. Harnach nickte mit gequältem Gesichtsausdruck.

Er brauchte etwa eine Minute, um den Schock zu verdauen. Dann beschloss er, den Rüffel weiterzugeben. Er wählte Iris' Nummer, die zu ihrem Pech mittlerweile wieder zu Hause war.

„Dein Auftritt muss ja grandios gewesen sein."

„Wieso?" fragte Iris, von seinem Ton eingeschüchtert, „ich habe ihm meine Nummer gegeben und..."

„Er hat schon angerufen, und zwar bei mir", unterbrach er sie. „Er war sehr beeindruckt. Du musst die Nutte wirklich perfekt gespielt haben."

Iris wollte etwas erwidern, aber er ließ sie nicht zu Wort kommen.

„Ich weiß nicht, welche Leute du kennst, aber bei einem Mann wie Dr. Gerhard kommst du mit deiner Straßenmädchen-Nummer nicht an, auch wenn", stichelte er weiter, „dir diese Rolle anscheinend sehr liegt."

„Dir werde ich noch einmal helfen", entgegnete sie bitter.

„Du hast einfach keinen Stil", sagte er und legte auf.

„So kann man eine Frau nicht behandeln", bemerkte der Kleine ruhig.

Harnach blickte ihn verwundert an.

„Misch du dich da nicht ein", sagte er scharf. Fast hätte er *du Zwerg* hinzugefügt, aber er beherrschte sich in letzter Sekunde.

In diesem Moment klingelte erneut das Telefon.

„Es ist wieder dieser Lorenzo", sagte die Meybaum.

„Stellen Sie ihn durch."

„Haben Sie sich schon überlegt, ob Sie unserer höflichen Bitte nachkommen wollen?" fragte Lorenzo mit seinem südländischen Akzent, den Harnach mittlerweile kannte und den er, wie er irritiert feststellte, sogar als angenehm empfand.

"Leck mich am Arsch", sagte Harnach und hämmerte den Hörer in die Ablage.

„Der kann mich mal, der Wichser", schimpfte Harnach. Aber Scheiß drauf. Er würde sich nicht von einem Trottel wie Lorenzo aus dem Konzept bringen lassen. Wirklich nicht.

Harnach blickte in den sonnendurchfluteten Garten, dann auf die Uhr, die zwanzig nach vier zeigte, und sagte grinsend zu dem Kleinen:

„Sag mal, was machst du eigentlich noch hier? Hast du kein Zuhause?"

„Wenn du mich so freundlich bittest", entgegnete der Kleine und stand auf, „werde ich dich wohl schweren Herzens verlassen müssen."

So verließ er das Büro, ohne dass sie Ihr Streitgespräch von vorhin wieder aufgenommen hätten.

6

Harnach selbst ging nach draußen und setzte sich auf seine Bank im Garten. Zu einem Tag voller Misserfolge hatte das Wetter eine prächtige Kulisse abgegeben, so als wolle es ihn durch den Kontrast verhöhnen. Es war richtig heiß gewesen, ganz als ob der Sommer mit einem letzten verzweifelten Angriff versuchen würde, verlorengegangenes Terrain zurückzugewinnen, und als könne er dadurch, dass er parkende Autos in Glutöfen verwandelte, die beginnende Verfärbung des Laubes rückgängig machen. Wer sich wie Harnach am Morgen nach dem Kalender gekleidet hatte, hatte mittags erbärmlich schwitzen müssen. Aber jetzt war es wunderschön, in der schon tiefstehenden, aber noch immer wärmenden Sonne zu sitzen.

Harnach dachte an die Auseinandersetzung mit dem Kleinen. Der hatte vielleicht gar nicht so unrecht gehabt. Harnach hatte sich Iris gegenüber tatsächlich nicht besonders fair verhalten. Andererseits: Wer verhielt sich ihm gegenüber fair?

Jeder benutzte doch jeden. Wenn man beispielsweise diese Journalisten nahm. Was für ein Interesse hatte sie an ihm? Ein professionelles. Sie brauchte ihn für ihre Berichte. Und das war's dann auch schon. Aber was erwartete er auch von ihr? Man musste doch jahrelang an der Uni herumscharwenzelt sein und dem Professor die Tasche getragen haben, wenn man bei so einer landen wollte.

Jetzt hätte er Lust gehabt, eine Zigarette zu rauchen.

Aber Moment – wenn er die Geschichte einmal andersherum betrachtete. Vielleicht stimmte es ja, was sie gesagt hatte. Vielleicht war *er* tatsächlich der Schlappschwanz, der immer die Hosen gestrichen voll hatte, wenn er es mit einer Frau wie Vera zu tun bekam.

Er lachte laut auf, was nichts machte, denn hier war niemand. Dann nahm er sein Handy aus der Tasche und rief sie an.

„Hast du heute Abend Zeit?" fragte er ohne Umschweife.

„Ja", antwortete sie, ohne zu zögern, was ihn ein wenig überraschte.

„Was hältst du von dem Spanier in der Briller Straße?"

„Ecke Sadowastraße? Eine gute Idee."

„Ich könnte dich gegen acht abholen."

„Danke, aber halb neun direkt im Lokal wäre mir lieber. Ich habe vorher noch einen Termin, und werde dann direkt zum Restaurant fahren."

„Schön, ich freu mich."

„Bis gleich."

Harnach strahlte über das ganze Gesicht und streckte dann wohlig die Arme aus. Phantastisch. An einem Tag wie heute konnte nicht *alles* schief gehen.

Harnach musste die Sadowastraße ein gutes Stück hinauffahren, bis er einen Parkplatz fand. Steile Straßen wie die Sadowastraße gab es in Wuppertal zuhauf. Es ging hier ständig auf und ab - ein hartes Leben für Radfahrer auf schweren Hollandrädern, aber eine einmalige Chance für arme Studenten, die alte Autos mit defektem Anlasser fuhren, denn sie fanden problemlos Parkplätze, von wo aus sie das Auto später bergab rollen lassen und im zweiten Gang starten konnten.

Harnach kam keine Minute zu früh. Er hatte sich gerade gesetzt, als Vera das Restaurant betrat. Sie trug einen kurzen sandfarbenen Rock und hochhackige helle Schuhe zu ihren gebräunten Beinen, dazu ein weißes, im Brustbereich gerafftes T-Shirt mit V-Ausschnitt. Ihre ebenfalls sandfarbene Jacke hatte sie sich über den Arm gelegt. Sie schien dem zurückgekehrten Sommer zu vertrauen.

Harnach war fasziniert. War nicht bereits die Art, wie sie sich gekleidet hatte, die Ankündigung eines Geschenks? Aber er musste sich beherrschen. Er wusste, dass er bei Geschäftsverhandlungen seine Gefühlsregungen fast immer unterdrücken konnte, aber jetzt hatte er Angst, dass frau ihm seine Freude und sein Verlangen zu deutlich ansehen konnte. Lag etwas Beobachtendes in ihrem Blick? Einen Augenblick überlegte er, ob er aufstehen und ihr die Hand reichen sollte, aber das hier war kein Geschäftsessen.

„Hallo", sagte sie freundlich und ein wenig gehetzt, legte ihre Jacke auf den rechten der beiden Stühle, die Harnach gegenüberstanden, und setzte sich auf den linken.

„Hallo." Harnach strahlte sie an.

Auch sie lächelte und atmete, nachdem sie einmal saß, hörbar auf

„Ein harter Tag?"

„Das kann man wohl sagen. Aber jetzt habe ich Hunger. Was gibt's denn Schönes?"

Er reichte ihr die Speisekarte und bereute es einen Moment, mit dem Du vorgeprescht zu sein. Sie hatte ihn während des kurzen Telefongesprächs nicht einmal direkt angesprochen. So wusste er nicht, ob sie sein Du überhaupt annehmen würde. Jedenfalls wäre der Satz *Sie sehen hinreißend aus*, mit einer gewissen Beiläufigkeit ausgesprochen, möglich gewesen. *Du siehst hinreißend aus*, konnte er aber nicht sagen, noch nicht.

„Ich esse nicht so oft spanisch. Kannst du mir etwas empfehlen?" fragte sie.

Er schmunzelte. Wahrscheinlich konnte sie Gedanken lesen.

„Fragen wir doch den Experten", schlug er dann vor und deutete mit einer Bewegung des Kopfes auf einen

Kellner. Sie riefen ihn an den Tisch, ließen sich eingehend beraten und bestellten schließlich den gemischten Vorspeisenteller und die Fischplatte jeweils für zwei Personen. Sie hatten heute auf dasselbe Lust.

Harnach hatte sich fest vorgenommen, an diesem Abend in die Offensive zu gehen. Für jegliche Art von Interview stand er nicht zur Verfügung. Er drehte also den Spieß einfach um und stellte ihr Fragen, die sich zunächst ganz allgemein auf ihren Beruf bezogen. Später, als sie die *entremeses variados* verzehrt waren und sie auf die *fritura de pescado* warteten, wollte er wissen, woran sie im Moment arbeitete.

„An einem Bericht über Singles in Wuppertal", sagte sie.

„Das klingt interessant."

„Wie man's nimmt. Wir haben die Arbeit jedenfalls aufgeteilt. Mein Kollege befragt weibliche Singles und ich die männlichen."

„Clever", lobte er, „hast du auch für diesen Bericht recherchiert, bevor du hierhergekommen bist?"

„Ja."

Harnach grinste. Er war sich sicher, dass ihn Vera verstanden hatte. Der Besuch einer Frau wie ihr in einer solchen Aufmachung und an einem Tag wie diesem musste für einen vereinsamten Single eindeutig eine gewisse Härte darstellen. Er schenkte ihr Wein nach und fragte:

„Und was sind sie nun, die männlichen Singles - lebensfrohe Hedonisten oder arme Schweine?"

„Ich finde sie - offen gesagt - wenig beneidenswert."

„Alle?"

„Eigentlich schon. Ich würde sie grob in vier Gruppen unterteilen. Da gibt es zunächst einmal wirkliche Pechvögel, verarmte Scheidungsopfer beispielsweise oder kluge und sensible Menschen, die ständig wie die letzten Deppen behandelt werden, weil ihre Nase zu schief oder klobig ist oder weil sie aus anderen Gründen äußerlich Lichtjahre von Brad Pitt entfernt sind. Es wäre gemein, hier von Mitleid zu sprechen, aber ich empfinde einfach Sympathie für solche Menschen. Dagegen ist mir der Eigenbrötler alles andere als sympathisch. Ganz auf sich fixiert, hat er mit dem anderen Geschlecht im Grunde schon abgeschlossen. Er vernachlässigt sein äußeres Erscheinungsbild und seine Umgangsformen, was er entweder gar nicht wahrnimmt oder für unwichtig hält, weil ja, wie er glaubt, nur der Charakter zählt. Und seinen hält er selbstverständlich für makellos. Er beschäftigt sich ausschließlich mit Dingen, die Frauen überhaupt nicht interessieren, und spricht auch nur darüber - und das ausdauernd. Dass Frauen dann schnell das Weite suchen, erklärt er damit, dass die Weiber eben nur auf Kohle stehen, was ihn wiederum darin bestärkt, seinen eigenen Weg zu gehen, das heißt, als skurriler Sonderling weiter vor sich hin zu dumpfen."

Harnach lachte.

„Eigentlich ist es gar nicht komisch, eher tragikomisch", sagte sie nachdenklich.

„In gewisser Hinsicht zählt auch eine Gruppe von Singles dazu, die sich selbst vielleicht wirklich für Hedonisten halten und die ich als Freizeitmenschen bezeichnen würde. Sie haben viele Bekannte und noch mehr Hobbys und dadurch ihr Leben so ausgefüllt, dass tatsächlich kaum Zeit für eine Partnerin bleibt. Sie sagen dir dann auch gerne, wie glücklich und zufrieden sie sind, schauen dir auf die Beine und erklären, die Frau, für die sie ihre Freiheit aufgeben würden, müsse erst noch geboren werden. Das ist für mich genauso glaubwürdig wie Wahlversprechen."

Harnach schmunzelte. ‚Wer dir nicht auf die Beine schaut, ist vom anderen Ufer', dachte es in ihm. Auf alle Fälle war es nicht zwangsläufig ein Zeichen von Bedürftigkeit, wenn man Vera als ausgesprochen reizvolle Erscheinung wahrnahm.

„Aber das, was du sagst", warf er ein, „gilt nicht nur für die Freizeit, sondern auch für den Beruf."

„Stimmt genau, die hatte ich ganz vergessen. Männer und Frauen. Wenn jemand sagt: Meine Arbeit ist mein Leben. Den möchte ich nicht zum Kollegen haben."

„Und die letzte Gruppe?"

„Ich nenne diesen Typ Schmalspurcasanova. Er ist einfach ziemlich geil und fährt auf Frauen ab, die gewisse erotische Attribute ziemlich massiv zur Schau stellen. Er hat bei diesen Frauen auch den Dreh raus. Aber hinterher langweilt er sich."

Wenn sie das auf ihn bezog, dachte er, ließ es sich auf aufschlussreiche Weise interpretieren.

„Das heißt, anders gesagt, er ist zu feige, sich an die Frauen heranzuwagen, mit denen er sich nicht langweilen würde."

„Ein interessanter Gedanke", bemerkte Vera, „so habe ich das noch gar nicht gesehen."

Der Schuh stand nun einmal da, und Harnach zog ihn

sich an.

„Kann es nicht einfach sein, dass der Mann, den du zuletzt beschrieben hast, nur deshalb Single ist, weil er die Frau fürs Leben noch nicht gefunden hat?"

„Das würde dem nicht widersprechen, was ich gesagt habe."

„Ach so." Harnach nickte. „Aber einmal etwas anderes, Frau Superklug. Warum bist *du* eigentlich noch solo?"

„Ich? Wie kommst du darauf, dass ich noch solo bin?" Seine Frage schien sie zu amüsieren.

„Ja, sonst..."

„Was sonst?" fragte sie und lachte.

Wenig später verließen sie das Restaurant. Er begleitete sie die wenigen Schritte zu ihrem Wagen. Sie hielt ihm einen kleinen Vortrag über die Vor- und Nachteile des Journalistenberufs, und er hatte fast den Eindruck, dass sie ihn absichtlich nicht zu Wort kommen ließ, denn bevor er sie noch fragen konnte, wann sie das nächste Mal Zeit habe, stand sie schon an der Fahrertür ihres Wagens.

„Ich rufe dich an", erklärte sie lapidar.

„Also bis dann", entgegnete er konsterniert. Er suchte noch nach Worten, mit denen er ihr sagen konnte, dass ihm der Abend mit ihr gefallen habe, aber sie ließ ihm keine Zeit.

„Ja, bis dann", rief sie ihm zu. „Und danke für die Einladung."

Da war sie auch schon in ihren Wagen gestiegen, ließ

den Motor an, und er konnte ihr nachschauen, wie sie davonfuhr.

‚Ich werde nicht schlau aus ihr', dachte Harnach, als er die Sadowastraße hinaufging, in der ein Stück weiter oben sein Wagen stand. ‚Was will sie von mir?'

7

Harnachs Wagen befand sich nicht mehr da, wo er ihn geparkt hatte. Er musste einige Meter auf der steilen Straße rückwärts gerollt sein. Glücklicherweise war das Lenkrad ein wenig eingeschlagen gewesen, so daß der Wagen nicht durch den Aufprall auf ein anderes Auto oder Schlimmeres wieder gestoppt worden war, sondern durch eine gusseiserne Straßenlaterne, die selbst nicht den geringsten Schaden genommen hatte.

Der Blechschaden am Heck seines Wagens war jedoch nicht unbeträchtlich.

Er sah sich die beschädigte Stelle kurz an. Dann stieg er in den Wagen, fuhr aber noch nicht los.

Das alte Paar - beide mochten an die Achtzig sein -, das sich von unten der Unfallstelle genähert hatte, hatte er nicht bemerkt.

Der Mann stand plötzlich an der Beifahrertür.

Als er ans Fenster klopfte, wurde Harnach aus seinem Grübeln aufgeschreckt. Er ließ das Seitenfenster herunter. Der Alte streckte den Kopf ein Stück durchs Fenster ins Wageninnere. Eine prächtige Knollennase beherrschte sein Gesicht.

„Beim nächsten Mal die Handbremse anziehen", belehrte er Harnach, als wenn der Abend nicht auch so schon lustig genug gewesen wäre.

„Ich werde daran denken", versicherte Harnach.

Damit gab sich der Mann zufrieden. Harnach blickte den beiden hinterher, wie sie - sie bei ihm untergehakt – mit ihrem Alter und der Steigung angemessenen Tempo die Straße hoch gingen. Wie lange würde es dauernd, bis sie die nächste Straßenecke erreichten? Drei Minuten? Fünf Minuten? Ewig?

Er gab sich einen Ruck und startete den Wagen, fuhr aber nur drei Meter nach vorne.

Es war kurz nach zehn. Er rief den Kleinen an, der keine Viertelstunde später erschien und seinen Karmann Ghia auf der anderen Straßenseite parkte.

Harnach war wieder ausgestiegen und lehnte an seinem Wagen. Er zeigte dem Kleinen das eingedrückte Heck und deutete auf die Laterne.

„Normalerweise lege ich den Gang ein *und* ziehe die Handbremse an. Vielleicht vergesse ich mal eines, aber nie beides."

„Du hättest ja sonst den Wagen noch selbst hinunterrollen sehen. Das wäre lustig gewesen."

„Sehr lustig."

Der Kleine sah sich die Türschlösser an. „Da erkennt man als Laie bei dem Licht hier überhaupt nichts. Das sollen die in der Werkstatt mal untersuchen", empfahl er.

„Wir müssen jetzt langsam was tun", sagte Harnach.

„Du meinst, zunächst einmal diesen Lorenzo finden."

„Das ist der erste Schritt."

Der Kleine schaute Harnach an: „Hast du Angst?"

Harnach lachte: „Du glaubst doch nicht, dass ich mich durch solche Kinkerlitzchen einschüchtern lasse."

Der Kleine hatte nichts anderes erwartet.

„Und? Was machen wir mit dem angebrochenen Abend?" fragte er.

„Noch ein schnelles Bierchen?" fragte Harnach zurück und war froh darüber, dass auch der Kleine noch nicht nach Hause wollte.

Harnach überlegte einen Moment, ob er den Mann, der im *Victor* rauchend an der Bar saß, anschnorren sollte, aber er beherrschte sich.

„Ich war heute mit der Journalistin essen."

Der Kleine lachte. „Ich habe doch gewusst, dass du mich nicht wegen dieses lächerlichen Blechschadens aus dem Haus geklingelt hast."

'Wir sind doch Freunde', wollte Harnach schon sagen, aber man sollte es den Angestellten gegenüber nicht übertreiben.

„Und wie war euer Essen?"

Harnach zuckte mit den Achseln.

„Nicht so einfach?"

„Überhaupt nicht einfach."

Der Kleine lächelte wissend.

„Wie heißt sie eigentlich?"

„Vera."

Der Kleine lachte: „Vera klingt besser als Iris, oder?"

„Glaub's mir oder glaub's mir nicht, mich machen einfach Frauen an, die selbstbewusst sind und was im Kopf haben. Intelligent müssen sie sein."

„Ich würde diese Journalistin auch nicht von der Bettkante stoßen", stellte der Kleine nicht ohne Strenge klar. „Aber sing mir nur ja kein Loblied auf diese ganzen Unischnepfen. Journalistinnen, Sozialpädagoginnen, Psychologinnen" - er verzog angeekelt das Gesicht -, „Lektorinnen, Lehrerinnen - im Prinzip kannst du die alle in der Pfeife rauchen. Ich war mal mit einer Lehrerin liiert. Und ich sag dir: Das war der konsequente Abschied von der Lebensfreude."

Harnach musste grinsen. Die emotionsgeladene Abrechnung seines Kompagnons amüsierte ihn, aber der ließ sich nicht beirren.

„Weißt du, so was muss man mögen: Endlose Diskussionen um nichts, ständig Probleme wälzen, die keine sind. 'Du musst dir dein Rollenverhalten als Mann bewusst machen, verstehst du?'", imitierte der Kleine seine Ex-Freundin bitter.

„Ständig wollen sie dich erziehen. Was für einen Mann sie wollen, das wissen sie natürlich selbst nicht. Aber dass er nicht so sein darf wie du, das wissen sie genau."

„Du machst mir Hoffnung", sagte Harnach.

„Natürlich mache ich dir Hoffnung. Ich gebe dir auch einen Rat. Und dieser Rat besteht aus vier Buchstaben: I - R - I - S. Die tut was für dich. Die lädst du zwei oder drei Mal pro Jahr nach Bochum oder Duisburg zu einem Musical ein. Da fahrt ihr mit deinem schicken BMW elegant gekleidet hin, spielt im Foyer Herr und Frau Wichtig und vor und nach der Pause quälst du dir den ganzen Schwachsinn eben an. Das stehst du schon durch, denn damit hat es sich. Das reicht.

Iris gibt sich alle Mühe, frech zu sein, und verwirrt alle Leute, weil sie wie ein Vamp daherkommt, was ja nicht gerade langweilig aussieht. In Wahrheit ist sie eine sinnliche Frau, die ganz lieb zu einem Mann sein möchte, der zu ihr lieb ist.

Was willst du mehr?"

„Du weißt ja ganz genau Bescheid", sagte Harnach kühl. Im Übrigen fiel es ihm wie Schuppen von den Augen: Iris hatte Angst, die andere nicht. Das war es.

„Aber die Geschichte mit Iris ist dir eben zu einfach. Das ist so unkompliziert, dass es dich schon wieder langweilt."

‚Na und?', dachte Harnach.

„Du wirst also, ganz gleich, was ich dir rate, dieser Vera weiter hinterherdackeln. Du kannst gar nicht anders."

„Wie beschissen wäre doch das Leben, wenn man keine wirklichen Freunde hätte."

„Keine Freunde, Partner", korrigierte der Kleine. „Prost."

„Prost, Partner", erwiderte Harnach, und sie stießen

miteinander an.

8

Das Gespräch mit dem Kleinen hatte Harnach ein wenig abgelenkt, aber nur kurze Zeit. Er ging, bevor er sich endlich ins Bett legte, fast eine Stunde im Zimmer auf und ab und dachte nach. Es war nun klar, Lorenzo stand dahinter. Wer aber war Lorenzo? Natürlich gab es eine einfache Möglichkeit, an ihn heranzukommen, die allerdings verbat sich eigentlich von selbst. Aber er kannte sich und seine größte Schwäche. Nichts tun zu können, ertrug er nicht, erzwungene Passivität hielt er nicht aus. Eher machte er Fehler, große, teure, entscheidende Fehler. Er wusste, als Soldat würde er nicht lange leben. Der Beschuss musste nur lange genug dauern, dann würde er sein relativ sicheres Versteck verlassen. Auf, hinaus, zum Angriff, hinein ins feindliche Sperrfeuer, und er würde fallen, sterben. Das war ihm alles klar.

Dennoch fuhr er am nächsten Morgen zu Meißen.

Dort ließ man ihn zunächst warten. Dr. Gerhard war beschäftigt.

Es zog sich hin. Das war ihre Taktik, um die Leute klein zu halten. Harnach stand auf und ging ans Fenster. Immerhin hatte man hier vor Dr. Gerhards Büro im sechsten Stock eine schöne Aussicht. Draußen war immer noch schönstes Spätsommerwetter, obwohl sich der September bereits dem Ende zuneigte. Aber alles konnte mit einem Schlag anders werden, alles konnte zerplatzen wie eine Seifenblase.

Als ihn Dr. Gerhard nach einer halben Stunde endlich hereinbat, schien er überrascht. Harnach erklärte etwas förmlich, dass er sich nach einer erneuten, sorgfältigen

Kalkulation in der Lage sehe, sein ursprüngliches Angebot nachzubessern. Dr. Gerhard reagierte auf die neuen Zahlen kühl.

„Mein guter Harnach", sagte er jovial, „wegen 1,5 Prozent hätten Sie sich doch nicht extra herbemühen müssen."

„Nun ja", entgegnete Harnach sichtlich irritiert, „in absoluten Zahlen..."

„Und das ist Ihr letztes Angebot?" fragte Dr. Gerhard.

„Das ist unser letztes Angebot", bekräftigte Harnach. Das Ende der Fahnenstange war erreicht, und Harnach blieb nichts anderes übrig, als zu alter Entschlossenheit zurückzukehren.

„Gut", sagte Dr. Gerhard und erhob sich.

Es war absolut unmöglich, jemanden wie Dr. Gerhard einzuwickeln. Wenn etwas half, dann nur Offenheit.

„Einer unserer Mitbewerber, der Ihnen ganz offensichtlich ein schlechteres Angebot als wir unterbreitet hat, geht mit unlauteren Mitteln gegen uns vor."

„Konkret?"

„Es gab einige Fälle von Sachbeschädigung und anonyme Anrufe mit der Aufforderung, unser Angebot zurückzuziehen - ganz abgesehen von dem Aufwiegeln von Mietern und Handwerkern, worüber ich schon beim letzten Mal gesprochen habe."

Dr. Gerhard gab sich keine Mühe, ein spöttisches Lächeln zu unterdrücken.

„Und wie soll *ich* Ihnen da helfen?"

„Es liegt doch auch in Ihrem Interesse, dass sich der Wettbewerber mit dem besten Angebot durchsetzt und nicht der, der Mafia-Methoden anwendet."

„Es wird sich der Wettbewerber mit dem besten Angebot durchsetzen. Daran besteht kein Zweifel. Und dass manchmal mit harten Bandagen gekämpft wird, will ich nicht leugnen, aber dass Sie gleich von Mafia-Methoden sprechen, ist wohl doch ein wenig zu hoch gegriffen."

„Wer sind unsere Konkurrenten?"

Dr. Gerhard lachte.

„Wollen Sie jetzt Ihrerseits bei denen randalieren?"

„Ich will ein klärendes Gespräch."

„Ein klärendes Gespräch", wiederholte Dr. Gerhard schmunzelnd.

„Natürlich würde ich mir juristische Schritte vorbehalten", präzisierte Harnach, da ihn der andere nicht ernst nahm.

„Sie sind ein Scherzbold, Herr Harnach", erklärte Dr. Gerhard trocken. „Was Sie da vorschlagen, ist grotesk. Nie, unter keinen Umständen würden wir Ihnen die Namen Ihrer Mitbewerber nennen. Und offen gesagt: Es überrascht mich sehr, dass ich Ihnen das hier erklären muss."

„Ich verstehe", bemerkte Harnach, der einsah, dass er hier auf Granit biss.

„Das hoffe ich. Und jetzt müssen Sie mich entschuldigen. Ich habe zu tun."

‚Das war's wohl', dachte Harnach, als er wie ein begossener Pudel Dr. Gerhards Büro verließ. Jetzt konnte er nach Hause gehen. Aber egal. Er hatte bis jetzt auch ganz gut ohne Meißen gelebt. Er kroch denen jedenfalls nicht in den Arsch.

Er verabschiedete sich freundlich von der Sekretärin, die seinen Gruß kühl erwiderte. Lag nicht auch ein hämisches Grinsen in ihrem Gesicht?

Im Fahrstuhl nach unten schüttelte Harnach grinsend den Kopf. Nein, nein, nein. Er ließ sich nicht ins Bockshorn jagen. Dr. Gerhard war zwar ein arrogantes und selbstgefälliges Arschloch, und sein Gesicht würde sich vorzüglich als Punchingball eignen. Aber was sollte es? Nichts war verloren. Wenn sein Angebot das beste war, würde er den Zuschlag erhalten. Alles andere war nur Show.

Als er aus dem Aufzug trat, fragte er sich erschrocken, ob er gerade nachgedacht oder mit sich selbst gesprochen hatte. Aber er war ja ohnehin allein gewesen. Das beruhigte ihn.

Auf der Fahrt zurück zum Büro klingelte Harnachs Handy. Niederklostermann war am Apparat. Der kam ihm jetzt gerade recht.

„65.000?" brüllte Harnach. „65.000 für ordentliche Arbeit, aber nicht für Pfusch. Sie bekommen von mir noch 25.000.-, keinen Euro mehr. Aber kommen Sie gleich am Montagvormittag vorbei und holen Sie sich den Scheck ab, sonst überlege ich es mir anders."

9

Als das Telefon klingelte, war es halb elf und der Maler stand in der Küche seiner großen Altbauwohnung am Rande des Luisenviertels und presste sich einen Orangensaft. Er hatte bereits drei Stunden im Atelier über seiner Wohnung gearbeitet, jetzt war es Zeit für eine Pause. In aller Ruhe führte er noch seine Arbeit zu Ende. Dann ging er mit seinem Orangensaft ins Wohnzimmer, ließ sich aufs Sofa fallen und nahm das Telefon, das vor ihm auf dem Tisch lag.

Ein Galerist aus Düsseldorf war am Apparat.

„Du wieder", sagte der Maler, „wie geht's dir, alte Schwuchtel?"

Er gähnte laut.

„Es ist schön, dass deine Diktion so jugendlich-frisch geblieben ist", entgegnete der Galerist.

Der Maler stöhnte auf. *Diktion* klang widerlich. Er hasste diese Bildungsbürger.

„Was willst du?"

„Dem Publikum deine Bilder zeigen."

„Das ist löblich. Ich stelle aber erst einmal hier im Tal aus. Im Dezember oder Januar könnten wir ins Geschäft kommen."

„Das würde mir passen. Meine Konditionen..."

„...gehen mir vollendet am Arsch vorbei. Du kennst *meine* Konditionen."

„So etwas geht in der Branche nicht. Wie oft soll ich dir

das noch sagen? Das ist auch absolut nicht üblich."

„Ich sag dir, was üblich ist. Üblich ist, dass ihr Arschlöcher die Künstler ausbeutet. Und das könnt ihr, weil die auf euch angewiesen sind. Aber ich", fügte er, jedes einzelne Wort betonend, hinzu, „bin auf nichts und niemanden angewiesen."

„Wir könnten...", begann der andere.

„Scheiße", brüllte der Maler plötzlich, „ich höre dich nicht mehr."

„Aber ich dich", wandte der Galerist ein. Es klang ein wenig gequält.

„Jetzt höre ich dich auch wieder. Tun dir etwa von meiner lieblichen Stimme die Ohren weh?" fragte der Maler lachend.

„Ich konnte dich jedenfalls die ganze Zeit hören."

„Das passiert in letzter Zeit ständig. Die Telekom ist so ein abgewichster Scheiß-Laden. Da schieben sie es den beiden alten Langweilern in der Werbung vorne und hinten rein - aber mal was investieren, damit der Klump endlich besser wird – nee, das nicht. Aber das ist wieder einmal typisch. Man konzentriert sich ja nicht mehr auf die wirkliche Arbeit, sondern nur noch auf das Anpreisen des Schunds, den man den Leuten andrehen will."

„Das ist die Krankheit der Zeit. Schein und Sein", bestätigte der Galerist. Ihn schien das Thema wenig zu interessieren.

„Der Fatalismus eines großen Philosophen", sagte der Maler, jetzt wieder in vollkommen ruhigem Ton, „was beliebtest du mir zu sagen?"

„Ich wollte sagen, dass wir uns ja in der Mitte treffen könnten."

Der Maler atmete deutlich hörbar aus. „Jetzt hör mir einmal ganz genau zu", begann er. „Du langweilst mich. Oder besser gesagt: Du kotzt mich an mit deiner vor Niveau triefenden – wie sagtest du? - Diktion und den ganzen Stricherschwänzen in deinem Hirn. Und weil ich keine einzige Sekunde meiner Zeit mehr mit dir verlieren will, sage ich einfach einmal *ja*. Aber jetzt hau ab! Verpiss dich!"

Der Maler trennte die Verbindung und grinste. Dann wählte er die Nummer der Telekom. Schade, er hatte eigentlich weiterbrüllen wollen, aber die Stimme der Dame am anderen Ende der Leitung klang jung und angenehm. Also beschränkte er sich darauf, das Problem zu beschreiben und ihr mitzuteilen, dass derartige Mängel bei ihrer Firma der Normalfall seien.

Die Frau ging auf seine Kritik nicht ein, sondern sagte, dass der Fehler am Apparat selbst, aber auch an der Leitung liegen könne, und empfahl ihm, mit dem Apparat den nächstgelegen Laden der Telekom aufzusuchen.

Der Maler stöhnte. Es war eine Verschwörung gegen ihn. Man hetzte ihm alle Enddebilen der Welt auf den Hals, und er musste jedem jede Bagatelle endlos auseinandersetzen.

„Junge Frau", sagte er, „Sie schicken mir jemand mit einem neuen, funktionstüchtigen Telefon vorbei. Der überprüft dann meinen Apparat, und wenn der Fehler am Apparat liegt, dann wechselt er ihn aus. Wenn er an der Leitung liegt, repariert er die Leitung. Und er verlässt diese heiligen Hallen erst, wenn der Schaden behoben ist. Haben Sie mich verstanden?"

Die Frau schwieg zunächst, dann wandte sie ein, dass selbstverständlich Kosten anfielen, wenn jemand ins Haus komme, aber der Maler unterbrach sie.

„Schon gut", sagte er und nannte ihr seine Adresse. „Aber machen Sie den Kollegen einmal Feuer unter dem Arsch. Ich will nicht ewig und drei Tage warten."

Damit war das Gespräch beendet.

Der Maler reckte sich wohlig auf seinem Sofa.

Was war das für ein Leben? Man arbeitete wie ein Pferd, und dann war keines der Mädels da, so dass man in der Pause noch nicht einmal vögeln konnte. Stattdessen musste man sich mit irgendwelchen Spießern und anderen geistigen Tiefffliegern herumärgern. Er schüttelte den Kopf voll Unverständnis über eine verrückte Welt. Dann fiel sein Blick auf das einzige Bild, das im Zimmer hing. Er lächelte der Frau auf dem Gemälde zu.

„Aber ohne dich", sagte er leise und zärtlich und erhob sein Glas, „ohne dich wäre alles viel schlimmer. Auf dich." Er rundete seine Lippen und sandte der Frau auf dem Bild einen Kuss zu. Dann trank er seinen Orangensaft aus, stand auf und ging nach oben, um seine Arbeit fortzusetzen.

10

Die kleinen Fischen in seiner Branche, die Weicheier, von denen er, falls sie tatsächlich einmal existiert hatten, ohnehin die meisten plattgedrückt hatte, brauchte Harnach gar nicht zu fragen. Sie würden ihm nicht helfen, und sie konnten ihm auch nicht helfen. Lorenzo war nicht dumm. Dass er ihm, Harnach, ans Bein pinkelte, bewies, dass er sich in der Branche auskannte. Wieso sollte sich Lorenzo mit den Kleinen abgeben? Also blieb nur noch Ganterer. Man konnte gegen Ganterer sagen, was man wollte, aber man musste ihn ernst nehmen. Sein Lieblingsfeind und er waren sich schon einige Male in die Quere gekommen und lediglich ihr beiderseitiger Pragmatismus hatte verhindert, dass ihre Auseinandersetzungen vor Gericht endeten. Trotzdem: Es gab zwar keinen Ehrenkodex in der Branche, aber es gab Grenzen. Und waren Ganterer und er daher in dieser einen Situation nicht trotz aller früheren Misshelligkeiten natürliche Verbündete?

Ganterers Vorzimmerdame sah Harnach maßlos überrascht an, als er in der Tür stand. „Herr Harnach, einen Moment bitte", sagte sie beinahe ehrfürchtig, stand auf und schlüpfte ins Büro ihres Chefs.

Dann kam sie lächelnd zurück. „Er telefoniert gerade, hat aber gleich Zeit für Sie, wenn Sie vielleicht noch einen Augenblick Platz nehmen wollen."

„Gerne", sagte Harnach freundlich, „vielen Dank." Er setzte sich und beobachtete sie. Sie hatte ebenfalls wieder Platz genommen und beschäftige sich nun mit irgendwelchen Unterlagen, dem Kalender oder was auch immer auf ihrem Schreibtisch lag, und er sah, dass sie seine Anwesenheit verlegen machte. Dabei war ihr Anblick eine Augenweide. Nichts gegen die Meybaum, aber da konnte sie wahrlich nicht mithalten. Ganterers braungebrannte Sekretärin war Ende zwanzig und trug zu ihrem blassgrünen Kleid hellbraune Wildlederstiefel. Ihre blondierte Löwenmähne erinnerte ihn an amerikanische Fernsehschönheiten der achtziger Jahre, und die verboten langen künstlichen Fingernägel in leuchtendem Pink waren einfach umwerfend. Wäre er ihr auf freier

Wildbahn begegnet, hätte er sie für eine ehemalige Miss Sprockhövel oder Hückeswagen gehalten, die mittlerweile den Sprung in die Porno-Branche geschafft hatte. Man konnte bei ihr wie bei Iris an ihren besseren Tagen ohne jegliche sentimentalen, romantischen Anwandlungen richtig schön nur an das eine denken. Ganz sicher würde sich Ganterer mit ihr privat vergnügen, aber ihre Reize auch geschäftlich sehr effektiv einsetzen. Zumindest wenn sie sich dabei nicht so dumm anstellte wie Iris.

Oder hatte *sie* hier die Hosen an? Jedenfalls stank es in diesem Zimmer wie in einer Kneipe, und auf dem Tisch stand ein voller Aschenbecher. Das war unprofessionell. Er würde seiner Sekretärin so etwas nie durchgehen lassen.

„Ich werde es noch einmal versuchen", sagte sie plötzlich, ohne Harnach anzusehen, und nahm den Hörer ab. „Ja?", fragte sie kurz. „Schön".

Dann legte sie wieder auf. Sie sah Harnach lächelnd an. „Herr Ganterer lässt Sie höflich bitten einzutreten."

„Oh, vielen Dank", sagte Harnach und stand auf. Machte sie sich jetzt über ihn lustig?

Ganterer empfing Harnach mit spöttischem Lächeln.

„Harnach, welch unverdiente Ehre. Nimm doch Platz."

Ganterers Büro war rauchfrei. Harnach setzte sich.

„Und wie geht's?" fragte Ganterer, nicht im Geringsten bemüht, seine Neugier zu verbergen. In gewisser Weise fand ihn Harnach lustig. Er war vielleicht zwei oder drei jünger als er selbst und sah aus wie ein dickliches, aber auch recht hübsches Kind, das man in einen teuren Anzug gesteckt hatte. Was sein Gesicht betraf, so hatte ihm die beginnende Fettleibigkeit nicht geschadet, nur die Fettpolster unter seinem Kinn gaben seinem Erscheinungsbild etwas Gieriges und Vulgäres.

„Vergiss es!" antwortete Harnach mit einer wegwerfenden Handbewegung.

„Meißen?" fragte der andere. Er ging direkt in die Vollen.

Harnach lachte laut auf. „Meißen, Meißen, Meißen – Scheiße. Diese Konzerne drücken einen doch bis zum Gehtnichtmehr. Wenn alles, aber auch wirklich alles glatt läuft", fuhr Harnach, sich in Rage redend, fort, „dann verdient unsereiner drei Euro fünfzig. Wenn es aber auch nur das kleinste Problem gibt, dann zahlst du drauf. Also, Ganti, ich sag dir eins: Ich scheiße auf Meißen."

Ganterer hatte die Lippen zusammengepresst. Er nickte verständnisvoll und entschlossen. Natürlich. Es gab den Osterhasen, und er bemalte Eier.

„Und was führt dich zu mir?"

Harnach erzählte nun die Geschichte mit Lorenzo – und zwar in aller Offenheit, was Ganterer sichtlich verblüffte.

„Den musst du ja schon sehr lieb haben, wenn du dich seinetwegen sogar an mich wendest", kommentierte er schließlich ohne Schadenfreude und Spott.

Nach einer kurzen Pause fuhr er ebenso ernst fort: „Ich kann dir nur zweierlei sagen. Erstens: Ich weiß nichts, wirklich nicht. Zweitens: Es wäre zwar eindeutig zu viel gesagt, wenn man behaupten würde, wir beide wären die besten Freunde. Aber ich möchte, dass du mir eines glaubst. In dieser Sache sitzen wir in einem Boot, und wenn ich dir helfen kann, dann werde ich es tun."

Harnach blickte Ganterer in die Augen. Das war nun entweder die alte Geschichte vom harten Menschen mit gutem Kern oder eine neue Version der Geschichte vom Osterhasen.

„Danke", sagte Harnach und erhob sich. Auch Ganterer stand auf und reichte ihm die Hand. Sie fühlte sich weich an, und sein Händedruck war schlaff. Dann geleitete er Harnach ins Vorzimmer.

„Übrigens, Harnach", rief er, als der schon fast auf dem Gang war. Harnach drehte sich um. Ganterer stand neben seiner Sekretärin vor der Tür zu seinem Büro. Sie bildeten optisch eine Einheit. Seine pausbäckige Jungenhaftigkeit sowie ihr Hang zu künstlicher Sonne und Nikotin hatten den ohnehin geringen Altersunterschied verwischen lassen. Auch jetzt führte sie eine lange, dünne Damenzigarette zum Mund, deren Rauch sie lächelnd in Harnachs Richtung blies.

Ein schönes Paar, dachte Harnach, und unterdrückte ein Grinsen.

„Warum gehst du eigentlich nicht zur IHK?" schlug Ganterer vor, „kann ja nicht schaden."

„Ja, warum nicht?" entgegnete Harnach „danke noch mal."

Dann verließ er endgültig das Büro seines Konkurrenten.

11

Es war unwürdig genug, dass der alte Handwerker überhaupt wie ein Bittsteller bei Harnach erscheinen musste, um wenigstens einen Teil des ihm zustehenden Lohns zu erhalten. Es kam für ihn allerdings noch schlimmer.

Nach einer geraumen Wartezeit schickte ihn die Meybaum zu dem Kleinen.

Der erwiderte den Gruß Niederklostermanns mit einem stummen Kopfnicken und blickte ihn ansonsten ernst und streng an, als habe sich der andere etwas zuschulden kommen lassen, was nun mit eisiger Verachtung bestraft wurde.

„Unterschreiben Sie das", sagte der Kleine und deutete auf ein Papier auf seinem Schreibtisch. Dann überreichte er ihm den Scheck.

„18.000?" fragte Niederklostermann entsetzt, „aber Herr Harnach..."

„Herr Harnach hat mir diesen Scheck gegeben", unterbrach ihn der Kleine.

„Ich möchte... kann ich Herrn Harnach sprechen?" fragte der Handwerker verunsichert.

„Herr Harnach ist nicht im Haus. Unterschreiben Sie."

Spätestens jetzt hatte Niederklostermann endgültig verstanden.

Er überflog das Blatt, das er unterschreiben sollte. Mit seiner Unterschrift bestätigte er, dass seine Ansprüche vollständig abgegolten waren.

Er unterschrieb, dann sah er, noch in gebückter Haltung,

dem Kleinen in die Augen:

„Ihr seid Verbrecher", sagte er ruhig.

Der Kleine nahm, ohne ihn anzusehen, das Blatt an sich und legte es in eine Schublade.

Niederklostermann ging zur Tür: „Euch wird man noch das Handwerk legen."

In seiner Stimme lag keine Wut, sondern eher ein plötzlich wiedererwachtes festes Gottvertrauen, der Glaube daran, dass es eine übergeordnete Instanz gab, die die Übeltäter über kurz oder lang bestrafen würde.

Der Kleine reagierte nicht.

Dann ging der Handwerker Niederklostermann, der vom vereinbarten Lohn noch nicht einmal die Hälfte erhalten hatte, was nicht reichte, um die Materialkosten zu decken und die Gesellen zu bezahlen

12

Harnach kam gegen Viertel vor eins in sein Büro.

„Wo ist denn die Meybaum?" fragte er.

„Die hat sich doch heute Nachmittag freigenommen", antwortete der Kleine.

„Ja, natürlich, und Niederklostermann – wie lief's?"

„18.000 – was sonst?"

Der Kleine blickte Harnach ernst an.

„So ist das Leben", sagte Harnach, „hart, aber ungerecht, besonders das Geschäftsleben."

„Keine Sorge, ich fange schon nicht an zu weinen. Und wie war's bei dir?"

„Geschenkt", antwortete Harnach und lächelte. „Die waren sehr kooperativ bei der Industrie- und Handelskammer. Ich habe mich als Bauherr ausgegeben und mir eine Liste sämtlicher Baufirmen geben lassen." Er zog ein Papier aus seiner Jackentasche.

„Das ist sie, natürlich auf dem neuesten Stand."

Er legte das Blatt vor dem Kleinen auf dessen Schreibtisch.

„Und dann bin ganz entspannt ins Café gegangen und habe die Telefonnummern verglichen."

Der Kleine überflog die Liste und sagte dann: „Nordwestbau."

„Klingt harmlos und nichtssagend, aber die Nummer stimmt. Der, der sich Lorenzo nennt, hat mich von einem Nebenanschluss dieser Firma aus angerufen. Und sie ist erst vor drei Wochen ins Handelsregister eingetragen worden."

Der Kleine schaute skeptisch.

„Ging ein bisschen leicht, oder?" fragte Harnach

Der Kleine zuckte mit den Achseln. „Andererseits, vielleicht waren wir auch nur zu blöd, von Anfang an den einfachsten Weg zu gehen."

„Jedenfalls werden wir unseren Freund heute Nachmittag besuchen."

Die Geschäftsräume der *Nordwestbau* befanden sich in Unterbarmen, nahe dem Bahnhof und wirkten nicht besonders repräsentativ. Durch den Eingang gelangten Harnach und der Kleine in ein Büro von bescheidener Größe, in dem sich zwei Männer um die dreißig, einer mit dunklen Haaren und ein blonder, an zwei Schreibtischen gegenüber saßen. Sie sahen nicht aus wie normale Angestellte, sondern eher wie Leibwächter, wandelnde Muskelpakete, die einem jener Hardcore-Fitness-Studios entsprungen waren, in denen eifrig mit bunten Pillen gearbeitet wurde.

Die beiden nahmen Harnach und den Kleinen nur unwillig zur Kenntnis.

„Sie wünschen?" fragte der Dunkelhaarige und sah dabei nur einen Moment von seinen Papieren auf.

'Das einzige, was stört, ist der Kunde', schoss es Harnach durch den Kopf, 'wenn die potentielle Kunden immer so behandeln - oder sie kennen mich.'

„Mein Name ist Harnach", sagte er, „ich möchte Herrn Lorenzo sprechen."

„Herrn Lorenzo?" fragte der zurück, der schon zuvor gesprochen hatte. Die beiden Männer sahen sich an, und es schien Harnach, als hätte der Blick des einen eine unscheinbare Tür gestreift, die sich neben einem Aktenschrank befand und wer weiß wohin führte.

„Herr Lorenzo ist nicht im Haus."

Harnach gab sich damit nicht zufrieden.

„Sie haben sich mit mir in Verbindung gesetzt."

„Wir haben uns nicht mit Ihnen in Verbindung gesetzt",

widersprach der Dunkelhaarige. Er schaute dabei Harnach nicht an, sondern setzte seine Ausbesserungsarbeiten an einem vor ihm liegenden Plan fort, die er mit einem Radiergummi durchführte. Keiner der beiden hielt es für nötig, genauer nachzufragen.

„Mich hat also niemand aus Ihrer Firma angerufen und mir den Ratschlag erteilt, irgendwelche Angebote zurückzuziehen?"

„Bis jetzt noch nicht", antwortete der Blonde. Auch er war also des Deutschen mächtig. „Aber wenn ich es mir genau überlege", fügte er hinzu und lächelte, „ - Sie sprechen doch von dem Meißen-Auftrag -, dann lag der Anrufer vielleicht gar nicht so falsch. Ich weiß nicht, ob Sie die nötige Potenz für ein solches Projekt besitzen."

„Das lassen Sie mal meine Sorge sein", warf Harnach ein.

„Entschuldigen Sie", entgegnete der Blonde pikiert, „das war ja nur meine persönliche Meinung. Außerdem haben wir ja den freien Wettbewerb." Er grinste. „Das beste Angebot wird den Zuschlag erhalten."

Harnach sah, dass das Gespräch zu nichts führte. „Richten Sie Herrn Lorenzo aus, er solle sich mit mir in Verbindung setzen."

„Ihr Name war noch einmal?" fragte der Dunkelhaarige unschuldig.

Harnach lächelte: „Harnach. H-A-R-N-A-C-H. Herr Lorenzo hat meine Telefonnummer."

„Wenn Sie so sicher sind."

„Ganz sicher", entgegnete Harnach und fügte lächelnd

hinzu, „aber jetzt wollen wir Sie nicht weiter stören." Er hatte nicht die geringste Lust, sich auf diese Komödie weiter einzulassen.

Schauspieler", sagte Harnach, während sie zurück zum Büro fuhren, „für mich waren das Schauspieler." Weitergebracht hatte sie dieser Besuch nicht.

13

Vor Harnachs Haus angekommen, traf sie fast der Schlag: Im Garten war eine Unmenge an Bauschutt so hoch aufgetürmt worden, dass man vom Gartenzaun aus die Haustür kaum sehen konnte.

„Eine schöne Bescherung", bemerkte der Kleine und blickte Harnach verunsichert von der Seite an, als erwartete er einen Wutanfall.

„Das kann man wohl sagen", sagte Harnach düster, „und ausgerechnet heute hat die Meybaum frei. Als ob sie es gewusst hätten. Es bleiben also nur die Nachbarn."

Er machte sich sofort ans Werk und klingelte einen Nachbarn nach dem anderen aus Haus und Wohnung, nun schon zum zweiten Mal innerhalb kurzer Zeit. Die meisten kannte er nur flüchtig, denn weder er noch früher seine Familie hatten Wert auf enge nachbarschaftliche Beziehungen gelegt. Er befragte sie eindringlich und forsch, appellierte an ihre Beobachtungsgabe und setzte sie unter Druck. „Wenn hier ein LKW vorfährt, verdammt noch mal, dann müssen Sie das doch merken." Er war überrascht darüber, wie leicht sie sich einschüchtern ließen, sich entschuldigten, rechtfertigten und wortreich ihrer Empörung über die an ihm begangene Untat Ausdruck verliehen. Nur einer hielt dagegen, ein Mann um die vierzig, der Harnach schräg gegenüber wohnte. Harnach wusste von ihm, dass er als Lehrer am nahegelegenen Gymnasium an der Bayreuther Straße arbeitete. Der Mann verbat sich Harnachs Tonfall und erklärte, dass sich sein Arbeitszimmer an der rückwärtigen Seite des Hauses befinde und er daher nichts habe hören können. Es sei außerdem nicht seine Aufgabe zu überprüfen, ob vor Nachbargrundstücken vorfahrende Lastwagen dies im Auftrag der Nachbarn oder unrechtmäßig täten. Harnach ärgerte diese Maßregelung, und er begann, die Kultur des Wegschauens anzuprangern.

Da fiel vor seiner Nase die Tür ins Schloss. „So ein Arschloch", schimpfte Harnach. Allein für seine pedantischen Grundsatzerklärungen hätte er dem Typen am liebsten eine solide Rechte auf den Riechkolben gezimmert.

„Willst du weitermachen?" fragte der Kleine, als sie wieder auf die Straße traten. Harnach schüttelte den Kopf. Das Ergebnis der Befragung war niederschmetternd und zugleich fast schon wieder lustig. Einigkeit herrschte darüber, dass der LKW einen Anhänger gehabt hatte, was bei der Menge des abgeladenen Bauschutts ja nur plausibel war, lediglich einer wollte sich in diesem Punkt nicht festlegen. Als Farbe des LKW war praktisch die ganze Palette geboten, von hellblau über grau bis dunkelgrün, die Plane hingegen war weiß, grau oder überhaupt nicht vorhanden gewesen. Es gab keine Beschriftung auf dem LKW, sagte die Mehrheit, eine Minderheit schwor jedoch darauf, dass auf dem LKW etwas gestanden hatte, wusste aber leider nicht mehr was. Und natürlich hatte niemand auf das Kennzeichen geachtet. Nur ein Nachbar glaubte fest, dass der erste Buchstabe ein *W* war, was enorm weiterhalf.

„Das Einzige, was wir aus der ganzen Aktion gelernt haben, ist", sagte Harnach zu dem Kleinen und grinste,

„dass auch Polizeibeamte nicht immer ein einfaches Leben haben. Oder wärst du gerne ein Bulle?"

„Ich?" fragte der Kleine entsetzt zurück, „bist du wahnsinnig?"

„Aber sag mal", fragte Harnach, „wie hat der Niederklostermann eigentlich reagiert?"

„Gefreut hat der sich natürlich nicht, aber seine Reaktion...- ich weiß nicht. Glaubst du wirklich, dass er...?"

„Wie war seine Reaktion?"

„Er war zuerst schockiert, sauer, wütend. Dann hat er sich aber erstaunlich schnell damit abgefunden."

„Siehst du. Und warum tut man das? Weil man resigniert oder weil man glaubt, dass man noch einen Trumpf im Ärmel hat."

„Und dieser Trumpf - wie du sagst - ist Rache?"
„Warum nicht?"

„Und Lorenzo?"
„Es muss ja nicht hinter allem Lorenzo stecken", widersprach Harnach „Also los, auf geht's."

„Du meinst heute noch?" fragte der Kleine skeptisch. Harnach hatte seinen dezenten Blick zur Uhr gesehen.

„Natürlich. Lass dich nicht hängen, Junge."

Niederklostermann war nicht zu Hause. Man schickte sie zu einer Baustelle in Ronsdorf. „Er nutzt das schöne Wetter und macht Überstunden", sagte der Kleine. Harnach schwieg. Er wurde während der Fahrt immer wütender. War es nicht immer wieder dasselbe? Diese kleinen Stänkerer, diese Neidhammel, die mit seinem Erfolg nicht leben konnten, Lorenzo, Niederklostermann, der herablassende Meinke, sie alle nutzten jede Möglichkeit, um ihm ihre eigene Minderwertigkeit heimzuzahlen. Aber damit war Schluss. Endgültig. Er ließ sich nichts mehr gefallen.

Als sie auf der Baustelle ankamen, war es kurz nach sechs. Niederklostermann stand mit den Rücken zu ihnen vor dem Rohbau eines Mehrfamilienhauses. Es sah so aus, als würde er gerade die durchgeführten Arbeiten kontrollieren. Er drehte sich zu ihnen um, als sie die Autotüren zuwarfen. Außer ihm war niemand mehr da.

Harnach marschierte direkt auf ihn zu, ohne dass ihn der Dreck, dem er seine eleganten Halbschuhe und seine Anzughose aussetzte, im Geringsten irritiert hätte. Der Kleine konnte kaum mit ihm Schritt halten.

„Sie haben mir...", rief er aus, als er sich Niederklostermann auf fünf Meter genähert hatte, aber plötzlich spürte er einen Arm, überraschend kräftig, der ihn zurückhielt.

„Lass mich das machen", sagte der Kleine, „ganz sachlich."

Dann wandte er sich an Niederklostermann.

„Haben Sie einen LKW?"

Niederklostermann blickte finster. „Ich habe keinen LKW. Was soll die Frage?"

„Jemand hat Bauschutt in seinem Garten abgeladen", sagte er.

„Keine schlechte Idee", sagte Niederklostermann und

grinste.

„Sie Schwein", stieß Harnach hervor, „Sie verdammtes Schwein."

Er trat zwei Schritte nach vorne, aber Niederklostermann wich keinen Zentimeter zurück. Plötzlich verzog er das Gesicht, trat doch einen Schritt zurück und griff nach der Spitzhacke, die links hinter ihm am Boden lag.

Harnach spürte noch einmal den Griff den Kleinen, der ihn zurückzog, und dann rannten sie. Am Auto drehte sich Harnach um und sah, dass ihnen Niederklostermann nicht gefolgt war. Er war stehengeblieben, schwang aber angriffslustig die Spitzhacke.

„Haut ab, ihr Verbrecher", rief er ihnen zu, „ihr unnützes Pack."

Mit seiner langen hageren Gestalt und der archaischen Waffe sah er aus wie ein alttestamentarischer Rächer. Aber der Abstand war jetzt wieder ausreichend groß, und Harnach streckte Niederklostermann wild entschlossenen den erhobenen Mittelfinger entgegen.

„Jetzt gib mir endlich den Autoschlüssel", herrschte ihn der Kleine an, und Harnach gab ihn verdattert heraus. „Steig ein."

Der Kleine sprang in den Wagen. „Siehst du nicht, dass der gefährlich ist?" schimpfte er, während Harnach widerwillig zustieg. Dann ließ er den Motor an und fuhr los. Harnach sah aus dem Fenster. Niederklostermann machte keinerlei Anstalten, auf ihr Auto zuzurennen. Er stand unbeweglich im Abendlicht vor dem Haus, an dem er arbeitete, den Arm mit der Spitzhacke seitlich von sich gestreckt, eine Fleisch gewordene Trutzburg wider alles Böse, der letzte, heroische Verteidiger der redlichen

Arbeiter. Es war lächerlich.

Nach knapp einem Kilometer hielt der Kleine am Straßenrand. Er hatte sich noch nicht beruhigt.

„Hast du die Spitzhacke nicht vorher gesehen?" fragte er fassungslos. „Und seine spontane, ungekünstelte Schadenfreude, als ich ihm die Sache mit dem Bauschutt gesagt habe? Da erkennt doch ein Blinder, dass er mit der Sache nichts zu tun hat." Er schüttelte den Kopf. „Jedenfalls reicht es mir für heute. Wir sehen uns morgen." Mit diesen Worten stieg er aus. Harnach war verblüfft. So hatte er den Kleinen noch nie erlebt. Er musste ihn wirklich verärgert haben. Jedenfalls war der ganze Vorfall unter dem Strich doch recht amüsant gewesen. Auch er stieg nun aus, ging um den Wagen herum und setzte sich hinters Steuer. Dann fuhr er los, an dem Kleinen vorbei und auch an der Bushaltestelle, der dieser zustrebte.

Als Harnach nach Hause kam, war eine Nachricht des Kleinen auf dem Anrufbeantworter. Die Firma Reinhardt, teilte ihm der Kleine mit, sei in der Lage, schon am morgigen Vormittag den Bauschutt zu entsorgen, bitte aber um eine schriftliche Auftragsbestätigung per Fax oder E-Mail. Dann folgten die Fax-Nummer und die E-Mail-Adresse. Harnach bestätigte den Auftrag, dann rief er Vera an.

„*Ich* wollte *dich* doch anrufen", sagte sie kühl.

Er hörte etwas plätschern. „Liegst du in der Badewanne?"

Sie schwieg einige Sekunden.

„Was willst du?" fragte sie schließlich zurück. Ihr Ton

ließ keinen Zweifel daran, dass sie seine Frage als aufdringlich empfand. Sie wollte nicht, dass er sich ihren nackten Körper vorstellte, den das Wasser umspielte.

„Hast du heute Zeit?"

„Nein."

„Und morgen?"

„Wenn überhaupt erst am Samstag."

„Also am Samstag."

„Ich weiß es noch nicht", stellte sie klar. Sie ließ sich nicht überrumpeln.

„Ich rufe dich an."

Er wünschte ihr noch kleinlaut einen schönen Abend.

„Bis dann", entgegnete sie kurz und trennte die Verbindung.

Er schloss die Augen und sah sie vor sich, wie sie in der Badewanne lag, ihre Arme und Schenkel einseifte und das Wasser ihre Brüste sanft nach oben drückte.

„Scheiße", rief er plötzlich. Sie nervte, alles nervte. Er ging nach draußen und begann, auf der Terrasse hinter dem Haus auf und ab zu gehen.

Wieso zickte sie ohne Ende herum? Aber jetzt war Schluss. Schluss. Aus. Ende. Er würde sie nicht mehr anrufen. Und wenn sie sich meldete, würde er ihr schon die Meinung geigen. Er würde ihr ihre Vorurteile und ihre Selbstgerechtigkeit vorhalten, ihr darlegen, dass sie ihn nicht verstand und daher falsch beurteilte und ungerecht behandelte, denn ihre kühle Behandlung hatte er in keiner Weise verdient.

Er ging im immer schärferen Schritt auf und ab. Am liebsten wäre er losgerannt. Dabei formulierte er die Rede, die er ihr halten würde. Ihr verschlug es dabei die Sprache. Endlich verstand sie alles und zeigte sich schuldbewusst und reumütig, aber nun war es zu spät. Jetzt war er es, der sie eiskalt abservierte.

Plötzlich blieb er abrupt stehen. Was machte er da? Er hatte diesmal tatsächlich mit sich selbst gesprochen. Daran gab es keinen Zweifel. Er musste aufpassen, dass nicht alles aus dem Ruder lief.

Er ging ins Haus zurück, schaute sich auf *Viva* ein paar Videoclips an, und langsam entspannte er sich dabei. Alles war eine Frage der Sichtweise, man musste nur positiv denken. Im Grunde genommen waren es doch zwei Spiele – Meißen und Vera -, bei denen er nichts zu verlieren hatte. Und die, die wirklich nervten, Lorenzo und Konsorten, würden spätestens dann Ruhe geben, wenn sich Meißen entschieden hatte.

14

Am nächsten Morgen wurde Harnach von den Arbeitern der Firma Reinhardt geweckt, die schon um sieben Uhr vorfuhren. Um kurz vor acht ging er nach unten.

Wenig später erschien die Meybaum. Sie war angesichts des Bauschutts fassungslos. Harnach versuchte sie zu beruhigen, indem er erklärte, der Vorfall sei entweder ein Versehen oder ein mäßig origineller Scherz gewesen. Die Meybaum schien nicht überzeugt und folgte ihrem Chef in die Küche, um ihn beim Kaffeekochen zu unterstützen. Dabei warf sie die Frage auf, wie man den Rasen anschließend wieder in einen guten Zustand bringen könne, worauf Harnach keine Antwort wusste. Später entfuhr ihm die Bemerkung, dass er momentan nicht unbedingt eine Glückssträhne habe.

„Wissen Sie, Herr Harnach", entgegnete da die Meybaum, „ich sage mir in solchen Situationen immer: Auf Regen folgt auch wieder Sonnenschein."

Harnach fiel fast die Kaffeedose aus der Hand. Die Meybaum verblüffte ihn immer wieder. Er war sich zunächst nicht ganz sicher, gelangte aber nach einigem Nachdenken doch zu der Überzeugung, dass sie es ernst gemeint hatte. Sie hatte wirklich ein sonniges Gemüt.

Um halb neun kam der Kleine und überbrachte Harnach die freudige Nachricht, dass der Berg im Vorgarten schon ein gutes Stück kleiner geworden war.

Ansonsten wirkte er kleinlaut, fast schuldbewusst. Er sah wohl ein, dass er gegenüber seinem Chef zu weit gegangen war, aber Harnach war nicht nachtragend. Er dankte ihm freundlich dafür, dass er am Abend zuvor noch daran gedacht hatte, die Entsorgung des Bauschutts in die Wege zu leiten. „Absolut professionell wie immer", lobte er, „ich selbst hätte es wahrscheinlich vergessen."

Der Kleine erhielt zur Belohnung von der Meybaum einen Becher Kaffee und schien erleichtert.

Es war elf Uhr, als Dr. Gerhard anrief. „Wir wären jetzt so weit", sagte er und bestellte Harnach zu sich.

„Dr. Gerhard, sie sind jetzt so weit", wiederholte Harnach, nachdem er aufgelegt hatte.

„Phantastisch", sagte der Kleine und hielt den Daumen nach oben.

„Endlich", sagte Harnach und stand auf. Sie klatschten sich ab.

„Aber jetzt nicht nervös werden. Bis später."

Er verließ das Büro. „Sie hatten recht", rief er der Meybaum strahlend entgegen, „Meißen. Ich glaube, wir haben es geschafft." Er trat vor den Spiegel und überprüfte seine Kleidung, baute sich zur Vorsicht aber noch einmal vor seiner Sekretärin auf.

„Kann ich so gehen?" fragte er.

„Zu Dr. Gerhard?"

„Ja", antwortete er schneidig.

„Natürlich können Sie so gehen. Viel Erfolg, Herr Harnach."

Sie hob ihren rechten Arm und ballte ihre weiße Hand zur Faust, um zu symbolisieren, dass sie ihm die Daumen drückte.

„Ich werde Erfolg haben", entgegnete Harnach und trat frohgemut aus dem Haus in den Vorgarten, wo gerade der letzte Bauschutt verladen wurde.

Bei Meißen ließ man ihn exakt vier Minuten warten: Du bist kein lästiger Bittsteller, aber so wichtig bist du auch nicht. Harnach verstand. Auf Dr. Gerhards letzten Versuch, den Preis noch einmal zu drücken, ließ er sich nicht ein.

„Herr Dr. Gerhard", sagte er, „wir sind Ihnen so weit entgegengekommen, wie wir konnten. Weiter geht es nicht."

„Nun", sagte Dr. Gerhard, wobei er das Wort sehr lang zog, und es entstand eine Gesprächspause. Harnach hatte dem, was er gesagt hatte, nichts hinzufügen. Er hatte gewusst, dass es Dr. Gerhard noch einmal versuchen würde, aber er hatte objektiv keinen Spielraum mehr.

„Sie können morgen anfangen?" fragte Dr. Gerhard schließlich.

Harnach unterdrückte ein höhnisches Lächeln. So liebte er seine Kunden. Zuerst zierten sie sich jahrhundertelang, und dann sollte er möglichst von vorgestern auf gestern alles erledigen.

„Wir beginnen morgen mit den Erdarbeiten."

Dr. Gerhard nickte. Dann drückte er auf den Knopf an seiner Sprechanlage. „Frau Schumann, bitte", sagte er, und eine junge Frau erschien - seine Sekretärin, Team-Assistentin oder weiß der Kuckuck was.

Sie brachte die Verträge. Sie war Ende zwanzig und ausgesprochen hübsch. Ihr blonder Pagenschnitt gab ihr einen Hauch von Kühle, was mit ihrem eine Spur devoten freundlichen Lächeln kontrastierte. Ihr dunkelblaues Kostüm war perfekt. Es kleidete sie weder adrett-langweilig noch auf eine Weise elegant, die man mit rauschenden Ballnächten und Hollywood verband, es verlieh ihr vielmehr exakt die seriöse Eleganz, die in die Firma passte, die sie bezahlte. Andererseits war es auch kurz genug, so dass sie ihre schönen Beine, die ihre glänzenden hellen Strümpfe nur noch verführerischer machten, wirkungsvoll spazierentragen konnte, auf dass es den hohen Herren ein Wohlgefallen war.

Harnach saß Dr. Gerhard gegenüber. Er schätzte ihn auf Anfang fünfzig.

Dr. Gerhard war vergleichsweise groß und schlank. Wahrscheinlich spielte er in freundlicher Verbundenheit regelmäßig mit den Arschlöchern Tennis, die in der Hierarchie dieser Scheißfirma höher standen als er.

Es wäre lustig gewesen, ihm eine in die Fresse zu hauen.

Dann unterschrieben sie.

Nun begann für Harnach die Arbeit. Es musste eine halbe Stunde lang am Telefon auf Wollweber einreden, bis sich der bereit erklärte, am nächsten Tag mit seiner Truppe vollzählig auf der Baustelle zu erscheinen. Freundlichkeit und dezente Drohungen hatten nicht zum Ziel geführt. Er hatte ihn also vor die Alternative stellen müssen: Morgen oder überhaupt nicht.

Das war hoch gepokert, denn er hatte keinerlei Ersatz in der Hinterhand.

Nicht alles konnte telefonisch erledigt werden. So fegten Harnach und der Kleine kreuz und quer durch die Stadt, der Kleine am Steuer und Harnach am Handy. Er informierte seine Bank davon, dass er den Kredit zu den bereits ausgehandelten Konditionen nun in Anspruch nehme, trommelte Leute zusammen und dirigierte den Kleinen zu dem Baugrundstück der Firma Meißen. Dort konnten sie um sechs Uhr abends immerhin sehen, wie die künftige Baustelle bereits eingezäunt wurde.

15

Als Harnach von der Baustelle nach Hause kam, lag eine tote Katze vor seiner Tür.

Harnach war bis jetzt völlig auf den Meißen-Auftrag fixiert gewesen. Auch alle bisherigen Störmanöver hatte er letztendlich auf die Frage reduziert: Schaden Sie mir bei der Vergabe des Meißen-Auftrags? Ebenso war er davon ausgegangen, dass es - von der Geschichte mit Niederklostermann einmal abgesehen - auch den anderen nur um den Meißen-Auftrag ging.

Der Vertrag war aber nun unterschrieben.

Hatten die das noch nicht mitbekommen?

Oder glaubten sie, er wolle und könne jetzt noch zurücktreten?

Als er die tote Katze sah, empfand er zum ersten Mal Angst um das eigene Leben.

Er rief im Polizeipräsidium an, aber Meinke war natürlich schon zu Hause. Er bat um seine Privatnummer, aber darauf ließ sich der Beamte nicht ein: „Wir geben doch nicht Privatnummern unserer Beamten raus", stellte er befremdet klar, und als Harnach darauf insistierte, blieb der Mann unbeeindruckt. Harnach wartete geradezu auf den Spruch von der Behörde, die kein Dienstleistungsunternehmen sei, aber er ließ nicht locker.

„Warten Sie einen Moment", sagte der Beamte schließlich.

Danach gab er ihm Meinkes Telefonnummer. Er musste mit Meinke selbst gesprochen haben. Anders konnte sich Harnach den Meinungsumschwung nicht erklären.

Als Harnach bei Meinke anrief, ging dessen Frau an den Apparat. Während sie ihren Mann ans Telefon holte, hörte er Kinderstimmen. Wahrscheinlich waren die Enkel zu Besuch.

Meinke war nicht informiert worden, oder er tat jedenfalls so.

„Herr Harnach, ich habe Feierabend", stellte er klar, nachdem ihm Harnach die Sachlage beschrieben hatte, „ich werde mir morgen..."

„Ich habe heute den Auftrag erhalten", unterbrach ihn Harnach, „für die Firma Meißen ein Fabrikgebäude zu errichten, *heute*, wie gesagt. Ich setze damit hundert Menschen in Arbeit und Brot und habe keine Zeit, morgen Däumchen drehend zu Hause zu sitzen und auf Sie zu warten."

„In Arbeit und Brot", lachte Meinke, „das haben Sie schön gesagt. Sie sind ein wichtiger Mann. Ich verstehe. Ich bin in zwanzig Minuten bei Ihnen."

Harnach war nervös und wartete vor dem Haus. Die Lampe über der Haustür warf mattes Licht auf den Eingangsbereich und den Kadaver. Die nächste Straßenlampe war zwanzig Meter entfernt.

Dann leuchteten Scheinwerfer auf. Ein Wagen hielt vor Harnachs Grundstück. Das Licht wurde ausgeschaltet, und Meinke stieg aus.

Er öffnete das Gartentor, trat ein und ging auf Harnach zu.

„Rauchen Sie?" fragte Harnach, nachdem sie sich begrüßt hatten.

„Ich bin doch nicht lebensmüde", entgegnete Meinke. Er blickte Harnach an und dann auf die tote Katze: „Das hat Sie ja ganz schön mitgenommen."

Dann bückte er sich und betrachtete das tote Tier: „Ich gehe davon aus, dass man sie überfahren und dann von der Straße geworfen hat."

„Das ist ein Witz", widersprach Harnach, der jetzt endgültig die Contenance verlor, „man schmeißt ein totes Tier an den Straßenrand und packt es nicht am Schwanz und schleudert es wie ein Hammerwerfer fünfzehn Meter weit vor meine Haustür." Er machte in seiner Erregung mit seinem Arm Drehbewegungen, um das Gesagte zu unterstreichen.

„Warum nicht?" fragte Meinke, der sich nicht aus der Ruhe bringen ließ, „die Kids haben heutzutage einen sonderbaren Humor."

„*Sie* haben einen sonderbaren Humor", entgegnete Harnach.

Tatsächlich begann Meinke zu lachen. „Eine Warnung der Mafia." Er schüttelte den Kopf.

„Es würde unsere Arbeit sehr erleichtern, wenn die Leute nicht so viel fernsehen würden. Diese ganzen Schauermärchen."

Meinkes Ton war freundlich. Es hätte nicht viel gefehlt, und er hätte Harnach begütigend und beruhigend auf die Schulter geklopft.

Harnach ließ sich nicht darauf ein.

„Und was tun Sie jetzt?" fragte er in einem Tonfall, der eindeutig zu scharf war.

„Ich werde die Sache aufnehmen", erwiderte Meinke, noch immer nicht bereit, sich provozieren zu lassen.

„Das beruhigt mich sehr."

„Sie sollten sich in der Tat beruhigen", riet Meinke, jetzt durchaus nicht mehr freundlich, und fügte wütend hinzu: „Ich entsorge Ihnen das Vieh jedenfalls nicht. Das müssen Sie schon selbst machen. Noch einen schönen Abend."

Mit diesem Worten ließ er Harnach stehen, ging zu seinem Wagen, stieg ein, schaltete die Scheinwerfer an und fuhr los.

Harnach schaute ihm hinterher. Dann ging er ins Haus. Er holte seine Gartenhandschuhe und einen blauen Müllsack. Er zog die Handschuhe an, hob das tote Tier am Schwanz hoch und steckte es in den Beutel. Er konnte den Kadaver nicht einfach in die Mülltonne werfen, zumal diese erst heute Morgen geleert worden war. Irgendwo musste man Tierkadaver verbrennen lassen können.

Der Kleine würde das morgen erledigen.

16

Am nächsten Morgen fuhren er und der Kleine zur Baustelle. Wollweber war mit seinen Leuten erschienen. Harnach ließ seinen erfolgreichen Erpressungsversuch nicht unkommentiert. Er drückte Wollweber fest die Hand, blickte ihm in die Augen und sagte herzlich, aufrecht und männlich zugleich: „Danke" - ganz wie man sich bei einem wirklich guten Freund bedankt, der einem in einer schwierigen Situation entscheidend geholfen hat. Er klopfte Wollweber noch einmal auf die Schulter und ging dann weiter, um sich auf der Baustelle umzusehen.

„Wann kommt die erste Abschlagszahlung?" rief ihm Wollweber hinterher, und Harnach drehte sich um, streckte Arm und Zeigefinger in Richtung auf den Fragenden aus und sprach mit lauter Stimme: „Nächsten Freitag hast du die erste Kohle, garantiert." Schon allein die Geste schuf Vertrauen - einem derart dynamischen Leiter, mit markiger Stimme und gradliniger, offener Körpersprache, hart, aber fair, konnte man glauben. Er hatte auch durchaus vor, pünktlich und vollständig zu zahlen. Bei einem solchen Auftrag durfte man die Leute nicht bescheißen, zumindest nicht am Anfang.

Der Kleine erklärte sich bereit, die Katze zu entsorgen, und war auch ansonsten hilfsbereit.

„Ich werde mal mit einem früheren Arbeitgeber in Düsseldorf sprechen", sagte er, als sie sich nach der Baustellenbesichtigung einen schnellen Kaffee gönnten, „vor einigen Monaten ist da - denke ich - so etwas Ähnliches passiert wie hier in der Sache mit Lorenzo. Ich frage meinen ehemaligen Chef mal, wie es momentan aussieht."

„Was meinst du genau?" fragte Harnach.

„Gerüchte. Ich informiere mich am Wochenende, und dann informiere ich dich."

„Das ist nett von dir, Partner."

Sie fuhren zurück zum Büro. Dort trennten sie sich. Der Kleine zog mit dem blauen Müllsack ab, während Harnach die Meybaum begrüßte.

„Ihre Journalistin hat angerufen und wartet auf ihren Rückruf", teilte sie ihm mit.

„Meine Journalistin?" fragte er.

Er hatte Vera in dem ganzen Trubel fast vergessen.

Harnach erreichte sie in der Redaktion. Sie hatte am Samstag für ihn Zeit.

„Ich hole dich um acht ab", sagte er, „ich habe nämlich eine Überraschung für dich." Er war diesmal nicht bereit, Widerspruch zu dulden, verriet ihr aber noch, dass das Ambiente elegant sein würde.

„Da bin ich ja mal gespannt", sagte sie.

„Und ich freue mich. Also bis Samstag."

„Bis dann. Ciao."

17

Der Mann von der Telekom kam schneller, als es der Maler erwartet hatte.

Ihm öffnete eine hübsche junge Frau die Tür, die aufwendig gepierct war und, wie er fand, viel zu kurze Haare trug. Im Hintergrund sah er eine zweite junge Frau, die genauso aussah, offenkundig ihre Zwillingsschwester. Als er nach dem Maler fragte, deutete sie mit dem Zeigefinger zur Decke. „Er ist oben."

Der Mann von der Telekom verstand sie kaum, da die Musik zu laut war. Die Stilrichtung missfiel ihm. Es war Techno oder so etwas.

„Ich wollte das Telefon reparieren", rief er.

„Dann tun sie das doch", entgegnete die Frau und machte ihm den Weg frei, so dass er eintreten konnte.

Es fiel ihm nicht ganz leicht, sich auf die Reparaturarbeiten zu konzentrieren, denn die beiden Frauen saßen ganz in seiner Nähe, die eine auf dem Sofa, die andere zu ihren Füßen neben ihr. Während sie in Zeitschriften blätterten, streichelte die junge Frau auf dem Sofa den Rücken ihrer Schwester, und einmal sah der Mann, wie sie sich zu ihr hinab beugte und sie zärtlich auf die Schulter küsste, woraufhin die untere liebevoll die Hand der anderen drückte, mit der sie sie gestreichelt hatte.

Trotz der Ablenkung war er nach zehn Minuten fertig.

„Der Fehler lag am Apparat", erklärte er fachmännisch, „ich habe ihn ausgewechselt."

„Gut", sagte die junge Frau auf dem Sofa.

„Ich brauche jetzt noch die Unterschrift des Auftraggebers."

Die Frau auf dem Sofa schaltete mittels einer Fernbedienung den CD-Player aus, damit sie den Mann besser verstehen konnte. Jetzt kam die Musik von oben, Rockmusik, die man auch hier noch deutlich hören konnte.

„Er arbeitet", entgegnete sie bedauernd.

„Aber könnte er da nicht kurz..."

„Das ist unmöglich", widersprach sie und sah ihn entgeistert an, als hätte er gerade vorgeschlagen, einen Priester während der Messe um Feuer zu bitten.

„Unterschreiben *wir* eben", meldete sich nun ihre

Schwester zu Wort.

„Ich weiß nicht, ob das geht", bemerkte der Mann zweifelnd und machte dabei ein Gesicht, das ihn nicht sonderlich intelligent erscheinen ließ.

„Geben Sie schon her", sagte die Frau auf dem Boden, und er reichte ihr das Formular, das sie unterschrieb.

„Danke", murmelte der Mann, ohne dass seine Zweifel völlig zerstreut schienen.

„Bitte", erwiderte die Frau auf dem Boden mit Nachdruck und in einem Ton, der deutlich machte, dass der Mann von der Telekom hier nicht mehr gebraucht wurde.

Er packte auch wirklich seine Sachen zusammen, hielt dann aber noch einmal inne, weil ihm ein Gemälde auffiel, das eine Frau mittleren Alters zeigte. Ihre fein geschnittenen Gesichtszüge kontrastierten stark mit der derben Sinnlichkeit, die von den beiden jungen Frauen ausströmte.

„Unverkäuflich", rief plötzlich die eine, und beide mussten lachen, weil der Gedanke, ein Mann wie er könne sich ein solches Bild leisten, einfach zu lustig war.

„Wäre ja sowieso zu teuer", bemerkte der Mann mit verkniffenem Gesichtsausdruck.

„Genau", bestätigte die junge Frau auf dem Boden, und die beiden prusteten erneut los und amüsierten sich köstlich darüber, dass er genau das gesagt hatte, was sie erwartet hatten.

„Nun, ich geh dann mal", sagte er mit einem Lächeln, das ebenso verbindlich wie verlegen war.

„Bis die Tage", entgegnete, immer noch lachend, die eine, „Ciao, bello", die andere.

Der Typ war wirklich eine coole Nummer.

Als er im Hausflur die Treppen hinunterstieg, musste er lächeln. Er fand, dass er den Blöden überzeugend gespielt hatte. Sein Leben war um eine Facette reicher geworden.

18

Harnach führte Vera am Samstagabend in das vielleicht vornehmste Restaurant der Stadt aus. Es war mit drei Sternen bewehrt und befand sich im Dichterviertel nahe der Bahnstrecke, ziemlich exakt auf halber Höhe zwischen den Bahnhöfen Sonnborn und Vohwinkel.

Harnach hatte selbstverständlich nicht die dem eigentlichen Restaurant angeschlossene und vom Preisniveau her weitaus volkstümlichere Trattoria gewählt, sondern das in jeder Hinsicht exklusive Restaurant selbst.

Dort bestellte er Champagner.

„Gibt es denn etwas zu feiern?" fragte Vera. Sie trug ein schwarzes Abendkleid und hübsche silberne Ohrringe, die sicher nicht billig gewesen waren und die er noch nie an ihr gesehen hatte. Sie hatte sich für ihn schön gemacht.

„Ich sag's dir gleich", entgegnete er schmunzelnd.

Er rückte erst damit raus, als der Champagner eingeschenkt war:
„Ich habe den Meißen-Auftrag", erklärte er stolz.

„Gratuliere", sagte sie und hob das Glas: „Darauf trinken

wir."

„Wir trinken auf uns", widersprach er und stieß mit ihr an.

„Auf deinen Erfolg", sagte sie und fügte hinzu:

„Da wird sich die Konkurrenz ja gefreut haben."

Harnach grinste: „Die Konkurrenz hat mir eine tote Katze geschenkt."

„Wie bitte?"

„Vor meiner Haustür lag eine tote Katze."

„Und?"

„Die können mich am Arsch lecken."

„Pass auf dich auf", sagte sie und es klang so liebevoll, als habe sie - warum auch immer - nur ein Spiel gespielt, die Rolle der Kühlen und Unnahbaren, während er ihr in Wirklichkeit von Anfang an gefallen und sie ihn längst liebgewonnen hatte.

„Danke", sagte er, blickte sie an und legte seine linke Hand auf ihre rechte, die sie ihm langsam entzog. In diesem Moment glaubte er endlich zu verstehen, er spürte plötzlich, dass etwas Schreckliches vorgefallen sein musste, was nun zwischen ihr und ihm stand, und dass er in diesem Moment, da sie ihre Hand zurückzog, nicht verloren hatte und ihr Zurückweichen nur bedeutete, dass er warten und Geduld haben musste, bevor sich die Frau seines Lebens ihm hingeben würde.

Sie war in der Tat offener geworden. Sie sprach über sich selbst und ging dabei zum ersten Mal über Berichte von ihrem Berufsalltag hinaus. Sie erzählte ihm, dass sie das Theater liebe und es manchmal bedaure, dass sie für den Lokalteil und nicht fürs Feuilleton schrieb.

„Was nicht ist, kann ja noch werden", kommentierte er aufmunternd.

Es war elf Uhr, als er schließlich zahlte.

„Und was machen wir mit dem angebrochenen Abend?" fragte er bestgelaunt.

Sie zuckte mit den Achseln.

„Weißt du was, wir gehen tanzen", schlug er vor.

„Meinst du?" fragte sie, „kannst du überhaupt noch fahren?"

Er deutete auf die Mineralwasserflasche, die neben dem Champagner stand.

Er hatte tatsächlich nur das eine Glas getrunken.

„Im *Barmer Bahnhof* spielen Sie heute *Classic Rock*, das ist genau richtig für Grufties wie uns", sagte er lachend.

„Glaubst du, dass wir da um diese Zeit noch reinkommen?"

„Schauen wir mal", rief Harnach aus, der erst gar keine Skepsis aufkommen lassen wollte.

Die freilich war nicht unbegründet gewesen, denn sie mussten eine Viertelstunde warten, bis sie eingelassen wurden. Vera fröstelte, und Harnach legte ihr seine Jacke über die Schulter. Dass er nun selbst fror, zeigte er nicht.

Als sie den ehemaligen Wartesaal des Bahnhofs schließlich betraten, zeigte sich, dass auch Harnach recht behalten hatte. An diesem Abend waren hier tatsächlich alle Altersgruppen vertreten, vom Achtzehnjährigen bis zum Mittvierziger, der bei *Highway Star* und *Paranoid* seine nostalgischen Gefühle ausleben oder einfach das machen konnte, was ihm heute wie einst gefiel.

Sie sahen eine Zeitlang dem bunten Treiben zu, bis Vera Harnach bei *New Year's Day* auf die Tanzfläche zog. Sie begann zu tanzen, und Harnach, der sich auch bewegte, konnte den Blick nicht von ihr lösen. Während sie sich der Musik hingab, verschlang er sie, sah ihre Beine, ihre nackten Schultern, ihre Haare im wilden Flug, er wollte sie festhalten, ihr mit der Hand durchs Haar fahren, sie an sich drücken, seinen Mund auf ihren pressen und sie küssen, leidenschaftlich, hart und gierig, sie endlich besitzen, ganz und gar - ein Verlangen, das in seiner Intensität beinahe schmerzhaft war.

Dann kamen die langsamen Lieder. Die Paare verließen die Tanzfläche oder traten aufeinander zu, um wie in längst vergangenen Zeiten eng umschlungen weiterzutanzen. Es lief *Stairway to Heaven*, und auch Harnach hielt Vera in seinen Armen. Nicht dass sie ihre Arme um seinen Nacken geschlungen, die Augen geschlossen und ihre Wange an seine Schulter geschmiegt hätte – nein, sie vermied es sich anzulehnen, sondern stand aufrecht. Seine Hände lagen auf ihrer Taille, ihre auf seinen Armen, eine Art Abwehrhaltung von ihrer Seite, wie es ihm schien. Dennoch berührte und spürte er sie, so dass er gar nicht anders konnte, als sich ihr zu nähern, aber er blickte sie, ganz als fehle ihm der Mut, dabei nicht an, sondern kam von der Seite, so als wolle er ihr etwas ins Ohr flüstern, und küsste sie dann sanft auf die Wange. Vera wich zurück. Sie sah ihm in die Augen, stolz, empört, beinahe hasserfüllt, so dass es ihn durchzuckte wie ein Blitz, ein Gefühl, das dann für einen Moment verschwand, um an anderer Stelle, dumpf und stetig wachsend, wieder aufzutauchen. Vera ließ ihn los. Das Lied war schneller geworden. „Ich würde gerne etwas trinken", sagte sie und ging an die Bar. Er folgte ihr. Dort standen sie nebeneinander, sie schwieg natürlich, und er war wie gelähmt. Das dumpfe Gefühl hatte sich rücksichtslos in ihm aufgebläht und ihn völlig in Besitz genommen. Er blickte an Vera vorbei und sah einen dunkelhaarigen jungen Mann im grünen Hemd, der einer blonden Frau in einer schwarzen Lederhose etwas erzählte und sie damit ständig zum Lachen brachte. Ein komischer Film. Ohne Ton.

Vera bestellte sich einen Orangensaft. „Und du?" fragte sie kühl.

Er schüttelte den Kopf. Es wurde unerträglich.

„Du bist auch nicht unkompliziert", sagte er plötzlich.

Vera lachte auf. „Du liebst die Pflegeleichten", gab sie voller Hohn zurück, als hätte sie nur darauf gewartet, und schnipste mit den Fingern, „die Verfügbaren, die husch, husch ins Körbchen springen, wenn den Herren der Schöpfung danach ist."

Etwas in ihm sagte, dass sie auf seine Idiotie völlig zu recht heftig reagierte, denn ein Mann, der einer Frau Vorhaltungen machte, weil sie nicht wollte, war schließlich völlig hinüber, aber das Gefühl, das sich seiner bemächtigt hatte, wälzte alles nieder. Er musste es loswerden.

„Das siehst du falsch", entgegnete er, „es muss doch etwas in der Mitte geben - zwischen Betthäschen und vertrocknet."

Vera ließ sich nichts gefallen.

„Ich bin also vertrocknet", konstatierte sie und strich ihm mit der Hand in böser Fürsorglichkeit über die Stirn: „Armes Kind."

„Ha! Ha!", giftete er.

„Meinst du, das macht eine Frau an - deine infantile Gier: Ich will haben, haben, haben..."

Sie war richtig in Rage geraten und unterstrich ihren letzten Satz mit deutlichen Gesten, bemerkte dann aber doch den Barkeeper, der ihr, ohne eine Miene zu verziehen, den bestellten Orangensaft reichte. Sie trank einen Schluck und sprach ruhiger, aber keine Spur liebenswürdiger weiter.

„Du stellst dir das so einfach vor, Harnach. Dein BMW, deine Villa, dein Geld. Ein feines Essen in einem teuren Restaurant und schon hüpft sie mit dir ins Bett."

„Nein, natürlich nicht. Bei dir muss es mehr sein, mindestens ein Akademiker. Der labern, labern, labern, aber keine drei Euro fünfzig verdienen kann.

Alles kritisieren, aber den anderen auf der Tasche liegen. Die liebe ich."

„An der Uni gibt es genauso viele Idioten wie anderswo", bemerkte sie emotionslos.

Es schien so, als wisse sie genau, wovon sie redete. Sie schwiegen eine Weile, dann fragte sie: „Bringst du mich nach Hause?"

Harnach stellte den Motor nicht ab, als er mit seinem schwarzen BMW vor ihrem Haus hielt. Er hatte auch seinen Stolz. Zu seiner Überraschung machte sie keine Anstalten auszusteigen.

„Hast du Feuer?" fragte sie und steckte sich eine Zigarette in den Mund.

Jetzt drehte Harnach den Zündschlüssel um und gab ihr Feuer. Von einer Straßenlaterne fiel Licht in den Wagen, so dass er Vera im Halbdunkel neben sich sitzen sah.

„Manchmal frisst einen der Beruf", begann sie unvermittelt und zog an ihrer Zigarette, „ich habe heute mit einer Frau gesprochen, die Bürgerkriegsflüchtlinge betreut - Frauen, deren Angehörige ermordet wurden oder die selbst Opfer von Vergewaltigung oder Misshandlung wurden. So etwas lässt einen nicht los."

„Das ist sehr deprimierend", bemerkte Harnach, da sie jetzt schwieg und er schließlich irgendetwas sagen musste.

„Es *ist* deprimierend", bestätigte Vera, „und vielleicht das Schlimmste ist, dass die Täter viel besser mit den Taten leben können als die traumatisierten Opfer.

Dabei ist es eigentlich unvorstellbar. Oder könntest du dir vorstellen, einfach so weiterzuleben, wenn du einen Menschen umgebracht hättest?"

Was sollte das? Wieso drückte sie ihm jetzt dieses Thema aufs Auge?

„Nein, das kann ich mir nicht vorstellen", antwortete er. Die Art, wie er jedes einzelne Wort gereizt betonte, ließ nicht den geringsten Zweifel daran, dass er die Frage für überflüssig hielt.

„Wie solltest du auch?" entgegnete sie lächelnd. Seinen aggressiven Tonfall schien sie überhaupt nicht bemerkt zu haben. Dann öffnete sie die Wagentür und sagte freundlich: „Danke fürs Nachhausebringen und schlaf gut."

„Bis dann", erwiderte er kühl. Als sie ausstieg, fiel sein Blick unwillkürlich auf ihre Beine, ohne dass ihn der Anblick in diesem Moment sonderlich gereizt hätte.

19

Am Sonntag traf er den Kleinen zum Brunch.

Sie saßen im Café Mozambique am Fenster, und Harnach blickte missmutig nach draußen. Es goss in Strömen.

„Bergischer Nebel", bemerkte der Kleine gutgelaunt.

„Scheiß-Wetter", präzisierte Harnach.

„Das tangiert mich überhaupt nicht", sagte der Kleine, „da gehe ich heute ganz gepflegt in die Sauna."

„Viel Spaß", knurrte Harnach.

Der Kleine bemerkte natürlich, dass Harnach etwas auf dem Herzen lag.

„Du hast dich gestern mit ihr getroffen?" fragte er.

Harnach blickte aus dem Fenster.

„Und es ist nicht so gelaufen, wie du es dir vorgestellt hast?"

„Vergiss es", sagte Harnach mit Entschiedenheit, aber dann berichtete er doch vom Verlauf des gestrigen Abends.

„Und unsereiner", eiferte er sich schließlich, „glaubt - gutmütig und naiv, wie man ist - an irgendwelche tragischen, traumatischen Ereignisse, spielt den Psychiater, um die kranke Seele zu öffnen, und dann ist die Alte vielleicht nur frigide oder lesbisch oder was weiß ich."

„Immerhin trifft sie sich mit dir."

„Dafür kann ich mir auch nichts kaufen."

Die Musik im Café Mozambique war wie so oft gut. Es lief *Mockingbird* von Barclay James Harvest, und zwar gerade der wunderschön-melodische Schluss.

„Du bist verliebt bis über beide Ohren", konstatierte der Kleine und lachte.

Harnach machte eine wegwerfende Handbewegung, und der Kleine wechselte das Thema.

„Während du dich gestern mit verführerischen jungen Damen beschäftigt hast, habe ich gearbeitet. Ich war in Düsseldorf."

„Und?"

„Die stehen alle ziemlich unter Druck. Da drängt jemand ausgesprochen aggressiv auf den Markt. Und noch etwas - Deine Laune kann ich dir ja sowieso nicht mehr verderben: Vor zwei Monaten hat man einen Makler, einen gewissen Guido Rabe, im Kofferraum seines Wagens ermordet aufgefunden."

Harnach schossen die berüchtigten fünf Buchstaben durch den Kopf.

„Die Mafia."

„Man geht von einer Beziehungstat aus. Der Ex-Freund von Rabes Freundin sitzt in U-Haft."

„Und über Lorenzo selbst? Hast du über ihn etwas rausgekriegt?"

Der Kleine schüttelte den Kopf: „Den kennt keiner."

Sie schwiegen.

„Und was machen wir?" fragte der Kleine.

„Was wohl? Du glaubst doch nicht im Ernst, dass ich jetzt den Schwanz einziehe."

„Wir sollten die Baustelle bewachen lassen."

„Mann, Junge, du weißt doch selbst, wie knapp wir kalkuliert haben. Wir können so eine Wachmannschaft einfach nicht bezahlen."

Der Kleine nickte.

„Und wohin gehst du heute Abend?" fragte Harnach nach einer Pause.
„Nach Cronenberg. Die Sauna dort hat man mir empfohlen. Sie soll gut und recht preiswert sein."

„Bei dem, was du bei mir verdienst, brauchst du doch nicht auf den Pfennig zu achten", erklärte Harnach mit jovialer Geste.

„Darüber macht man keine Scherze", protestierte der Kleine.

„Du, ich weiß genau, dass du jeden Euro wert bist, den ich dir zahle. Wenn die Sache mit Meißen gut läuft, gibt's auch eine Zulage, Partner."

„Ich nehme dich beim Wort."

Das konnte er auch. Es würde Harnach mittlerweile gar nicht mehr leicht fallen, ohne den Kleinen auszukommen. Und gute Leute musste man halten.

20

Harnach hatte schon lange wachgelegen und sich Vorwürfe gemacht. Er hatte sich Vera gegenüber einfach blöd verhalten. Warum dachte er auch immer zu kompliziert. Das, was sie ihm im Wagen vor ihrem Haus sagen wollte, war eine Entschuldigung gewesen. Sie hatte ihre Gereiztheit mit den Belastungen ihres Berufes erklären wollen. Das war alles.

Das Problem war nicht das Missverständnis, sondern seine fehlende Gelassenheit. Letztendlich hatte er sich nicht aus der Reserve locken lassen, trotzdem konnte so etwas einmal gefährlich werden.

Dann klingelte das Telefon neben seinem Bett, und der Anruf riss ihn aus allen Gedanken. Nachdem das Gespräch beendet war, sprang er auf, ging ins Bad, duschte, frühstückte schnell und stieg die Treppe zu den Geschäftsräumen hinunter.

Es war gegen halb acht. Die Meybaum würde frühestens in einer halben Stunde kommen.

Harnach trat an den Schreibtisch des Kleinen und begann zu suchen.

Nachdem er den Schlüssel gefunden hatte, fuhr er zur

Wohnung des Kleinen in der Weststraße. Die Zeitung lag vor der Tür, und im Schlafzimmer klingelte der Wecker. Harnach stellte ihn ab. Das Bett schien unberührt, und auf dem Bettkästchen lag auch die Brille. Er legte sie sorgfältig in ein Etui, das er dann einsteckte.

Im Wohnzimmer fiel ihm ein Foto ins Auge, das den Kleinen in jüngeren Jahren mit seinem Großvater vor dem Karmann-Ghia-Coupé zeigte. Da wusste man doch gleich, wer hier wohnte. Bevor Harnach ging, schloss er noch das Fenster, das auf Luke stand. Draußen schien die Sonne, aber Vorsicht war die Mutter der Porzellankiste. Falls es heute doch noch einmal so schüttete wie gestern, würde alles nass werden.

Der Kleine lag im *Kapellchen*, wie der Volksmund das Krankenhaus St.-Josef in Elberfeld nannte. Als Harnach dort eintraf, wartete er bereits im Eingangsbereich auf ihn.

Es bereitete dem Kleinen sichtlich Schwierigkeiten, Harnach zu erkennen, und er sah erbärmlich aus. Er trug einen Kopfverband, und die Haut unter seinem linken Auge schillerte in allen Regenbogenfarben.

„Hast du alles gefunden", fragte er, als ihm Harnach die Brille gab.

„Kein Problem", entgegnete Harnach.

Der Kleine setzte die Brille auf. „Jetzt blicke ich wieder durch. Danke."

„Und?" fragte Harnach.

„Hier bleibe ich nicht länger", erklärte der Kleine kategorisch, „tagelang in so einem Vierbettzimmer herumzuöden, das halte ich nicht aus."

„Geht's denn?" fragte Harnach, aufrichtig besorgt.

„Es muss."

Auf der Fahrt nach Cronenberg, wo noch der Wagen des Kleinen stand, erzählte er Harnach, was passiert war.

Er war am Vortag gegen halb fünf zum Cronenberger Gartenbad gefahren. Um diese Zeit und angesichts des schlechten Wetters war das Bad sehr gut besucht. Der Parkplatz war bis auf den letzten Platz besetzt, und der Kleine musste ein gutes Stück oberhalb des Schwimmbades in einer Nebenstraße parken. Gegen acht ging er wieder zu seinem Wagen. Wieso er die drei Männer zunächst nicht bemerkt hatte, konnte er nicht sagen. Sie umringten ihn, als er gerade die Fahrertür seines Wagens aufschloss.

„Ich war noch sehr höflich", berichtete er, „ich habe gesagt: 'Guten Abend, die Herren, was kann ich für Sie tun?' Die Herren selbst waren dann weniger freundlich."

„Hast du jemand erkannt?"

„Das waren Schläger, Rocker - oder unsere Freunde. Die beiden, die bei Lorenzo arbeiten, waren es allerdings mit Sicherheit nicht."

Sie fanden die Brille des Kleinen mit zerbrochenen Gläsern und verbogenem Gestell unter seinem Wagen. Nachdenklich hielt sie der Kleine in Händen und betrachtete sie - ein Symbol brutaler Gewalt. Er bemerkte in diesem Moment, dass auch Harnach auf die Brille starrte. In seinem unbeweglichen Gesicht lag Ekel, und dem Kleinen war es plötzlich, als besäße sein Chef, dieser harte Geschäftsmann, eine äußerst empfindsame Seele und als hielte er Gewalt nicht nur für ganz und gar verabscheuenswürdig, sondern empfände allein schon den Gedanken daran als unerträglich.

So verharrten sie einige Sekunden lang regungslos. Dann stiegen sie nach kurzer Absprache in ihre Autos und fuhren zu Lorenzo.

Als sie dieses Mal das Büro der Firma Nordwestbau betraten, hielt sich Harnach nicht mit nutzlosen Gesprächen mit Subalternen auf. Mit einem energischen „Guten Tag" ging er direkt auf die Tür neben dem Wandschrank zu und öffnete sie.

„Sie können doch nicht...", begehrte einer der beiden Bodyguards auf, die wie bei Harnachs erstem Besuch an ihren Schreibtischen saßen, aber es klang ganz so, als protestiere er nur der Form halber und fände es in Wahrheit völlig in Ordnung, dass Harnach und der Kleine in Lorenzos Büro eindrangen.

Tatsächlich führte die Tür zu einem zweiten Büro, das weder größer noch teurer eingerichtet war als das erste. Hinter einem Schreibtisch saß ein südländisch aussehender Mann Mitte vierzig, mittelgroß und nicht mehr schlank. Er trug einen von wenigen grauen Haaren durchsetzen schwarzen Schnurrbart, ansonsten war ihm nur ein bescheidener Haarkranz geblieben.

„Was wollen Sie von mir?" rief Harnach, kaum dass er ins Zimmer gestürzt war.

Der andere blieb ruhig: „Was ich von Ihnen will? Bin ich zu Ihnen gekommen oder Sie zu mir?"
Es war dieselbe Stimme, ganz ohne Zweifel. Sie klang

sympathisch, musste sich Harnach eingestehen. Er ließ sich aber auf keinerlei Geplänkel ein.

„Zunächst die Drohungen, dann der Bauschutt, die tote Katze, mein Mitarbeiter, der zusammengeschlagen wurde,..."

Lorenzo betrachtete interessiert das Gesicht des Kleinen, in dem die Spuren der Misshandlungen deutlich zu erkennen waren.

„Ich sehe, Sie haben Probleme. Aber was habe ich damit zu tun?"

„Hören Sie auf, mir Komödien vorzuspielen. Ich habe Ihre Stimme direkt erkannt, Sie waren der Anrufer."

„Ich spiele keine Komödien", stellte Lorenzo finster klar, „ich scherze nicht."

Harnach ließ sich nicht einschüchtern.

„Sie haben mir gedroht."

„Ich habe Ihnen nicht gedroht", widersprach Lorenzo. Seine Miene hatte sich aufgehellt. Er schien überrascht, dass Harnach so etwas auch nur denken konnte.

„Ich habe Ihnen nie gedroht. Ich habe Ihnen lediglich klar machen wollen, dass dieser Auftrag Ihre Möglichkeiten übersteigt, und Ihnen eine Zusammenarbeit angeboten."

„In dieser Sache?"

„Richtig. Zunächst bei diesem Auftrag."
„Ich werde mit Ihnen nicht zusammenarbeiten."
Lorenzo zuckte mit den Schultern.

„Und noch eines: Beim nächsten Mal werde ich zurückschlagen."

„Sie wollen mir drohen? Sie mir?" Lorenzo schien fassungslos. Er drückte auf einen Knopf an seiner Telefonanlage. „Kommt ihr mal?"

Die beiden Muskelprotze erschienen.

„Die Herren wollten gehen", teilte Lorenzo, sichtlich verärgert, seinen Mitarbeitern mit, und Harnach und dem Kleinen blieb nichts übrig, als - von Lorenzos Angestellten zur Tür geleitet - die Büroräume der Firma Nordwestbau zu verlassen.

Als sie zurückfuhren, erinnerten sie an eine kleine, aber geschlagene Armee. Harnach wusste nicht, was er noch machen sollte.

21

Am nächsten Morgen wachte er mit einem schlechten Gefühl auf. Beunruhigt machte er sich auf den Weg zur Baustelle. Das Gelände war im Morgennebel nur in Umrissen zu überschauen.

Der Bauleiter war schon da und teilte ihm mit, dass alles in Ordnung sei und die Dinge ihren geregelten Gang nähmen. Immerhin.

Am Nachmittag fuhr Harnach zur Theaterfabrik. Die Schilder *Vorverkauf Theaterfabrik* wiesen zur Kasse des Kinos, das sich im Stockwerk unter dem Theater befand.

'Eine praktische Lösung', dachte er.

Die junge Frau, die an der Kasse saß, war so in ihre

Lektüre vertieft, dass sie zusammenzuckte, als sie Harnach sah. Allzu viel Kundschaft schienen die hier nicht zu haben.

„Tut mir leid, ich wollte Sie nicht erschrecken", sagte Harnach freundlich und lächelte.

„Das macht doch nichts", sagte die Frau und lächelte ebenfalls, allerdings sichtlich verlegen. Der Vorfall war ihr offensichtlich peinlich. Sie war hübsch mit ihren langen dunkelblonden Haaren. Irgendwo hatte Harnach sie schon einmal gesehen. Nach kurzer Beratung erwarb er zwei Karten der besten Kategorie, verabschiedete sich höflich und wurde erneut mit einem Lächeln beschenkt, das aber noch immer nicht völlig entspannt wirkte.

Er fuhr zum Pressehaus, um Vera dort abzufangen. Er hatte Glück, denn sie kam gerade aus der Tür, als er aus seinem Auto stieg. Sie sah ihn, kam auf ihn zu und sagte: „Du bist ja ganz schön anhänglich."

„Hast du trotzdem ein Stündchen Zeit?"

Er hielt ihr die Tür auf, aber Vera schüttelte den Kopf. „Ich bin mit dem eigenen Wagen da. Treffen wir uns im *Café Mozambique?*"

Sie fuhr hinter ihm her. Den Parkplatz direkt gegenüber dem Café überließ er ihr und fand, da kleine gute Taten direkt belohnt werden, selbst einen in der Obergrünewalderstraße. Als er das Café betrat, saß Vera an einem Tisch am Fenster und hatte sich eine Zigarette angezündet.

„Sie haben meinen Partner zusammengeschlagen", begann er ohne Vorrede noch im Stehen. Dann setzte er sich und teilte ihr das mit, was ihm der Kleine am Tag zuvor erzählt hatte.

„Und was denkst du?" fragte sie, als er geendet hatte.

Harnach schwieg vielsagend.

„Du meinst, die Mafia...?" Vera lächelte. „Ich glaube, dass du damit ein wenig hoch greifst."

„Hoffentlich."

Sie blickte ihm ruhig in die Augen. „Du hast Angst, oder?"

„Quatsch."

„Auf alle Fälle werde ich mich einmal nach diesem Lorenzo erkundigen."

„Keine schlechte Idee, du als Journalistin."

„Und was machst du?"

„Gib mir eine Zigarette."

Sie schob ihre Zigarettenschachtel und die Streichhölzer zu ihm hin. Er nahm eine Zigarette aus der Schachtel, steckte sie in den Mund und zündete ein Streichholz an.

Dann hielt er inne und lächelte.

Er löschte mit einer schnellen Handbewegung die Flamme und steckte die Zigarette wieder sorgfältig in die Schachtel.

„Acht Monate", sagte er und schob Schachtel und Streichhölzer wieder zurück.

„Ich ziehe nicht den Schwanz ein. Ich nicht."

Mochte es auch manchen Rauchern eine gewisse Befriedigung bereiteten, wenn sich andere mit ihnen in ihrer Schwäche solidarisch zeigten, so war es in diesem Fall sicher umgekehrt: Der Beweis seiner Stärke und Selbstbeherrschung musste Vera beeindrucken.

Er lächelte sie an und zog die Theaterkarten aus der Jackentasche.

„Zwei Karten für übermorgen für die Theaterfabrik. Ich hoffe, du hast Zeit."

Ihre Reaktion enttäuschte ihn. „Du, das ist sehr lieb von dir", sagte sie und schien richtig verlegen. „Die spielen Beckett?" fragte sie skeptisch.

„Stimmt", bestätigte er aufmunternd.

„Du, sei mir nicht böse, aber das ist absurdes Theater. Das möchte ich mir nicht antun, wirklich nicht."

„Und was gefällt dir?" fragte er freundlich.

„Also, mir gefallen Brecht, Dürrenmatt, Molière und vor allen Dingen Tschechow. Kennst du Tschechow?"

„Natürlich kenne ich Tschechow", antwortete Harnach. Er war schließlich kein Analphabet. „Also du bist nicht dabei?"

Sie schüttelte den Kopf. „Tut mir leid."

„Macht nichts. Jetzt weiß ich ja Bescheid."

Dann stand er auf, hielt die Karten hoch und rief ins Lokal: „Wer will zwei Karten für die Theaterfabrik? Für übermorgen. Geschenkt."

Als Harnach nach Hause kam, hatte er das Gefühl, nicht alleine zu sein. Vorsichtig spähend durchschritt er jedes einzelne Zimmer, bis er im Schlafzimmer Iris entdeckte. Sie hatte es sich auf den Korbstühlen bequem gemacht, die zu beiden Seiten des Fensters standen und für Harnach ansonsten eher die Funktion von Kleiderständern als von Sitzgelegenheiten erfüllten. Jetzt aber saß Iris auf dem einen und ihre Füße lagen auf dem anderen.

Sie trug nur Pumps, Straps und schöne, schwarze Unterwäsche auf ihrer weißen Haut und lächelte Harnach stolz und aufreizend an. Wie einem Männertraum entsprungen empfing sie ihn. Sie wusste, dass er sich diesen Reizen nicht entziehen konnte. Dennoch half es ihr nichts.

Sie lag hinterher neben ihm und spürte seine Kälte, die er schließlich in Worte kleidete:

„Ich möchte alleine übernachten", sagte er, und sie zündete sich eine Zigarette an.

„Muss das hier sein?" fragte er. Sie blies ihm den Rauch ins Gesicht, stand auf und zog sich an. Dann war sie fertig, und er schwieg.

„Und?"

„Ich melde mich bei dir."

„Machst du es dir da nicht ein bisschen einfach?"

„Es ist einfach", widersprach er, „es gehören immer zwei dazu. Und wenn beide Zeit und Lust haben, dann trifft man sich eben. Ist doch logisch, oder?"

„Wenn du meinst", sagte sie leise, „ich geh dann mal."

„Mach's gut", sagte er, auf seinen linken Ellbogen

gestützt, und Iris verließ das Zimmer. Er hörte noch, wie sie die Treppe hinunterging und die Haustür ins Schloss fiel. Widerwillig stand er selbst noch einmal auf, ging nach unten und verriegelte die Tür.

22

Am nächsten Tag gingen er und der Kleine ins Internet. Die Suche gestaltete sich etwas schwierig, denn sie mussten sich bis zu jedem einzelnen Theater vorkämpfen, um dann die jeweiligen Vorstellungstermine in Erfahrung zu bringen. In Köln spielten sie am Samstag Tschechow, den *Kirschgarten*.

Er wartete noch einen Tag, dann rief er sie an und teilte ihr mit, dass er für Samstag zwei Karten für dieses Stück bestellt habe. Da konnte sie gar nicht nein sagen.

Den Freitagnachmittag nutzte er, um sich in die Wuppertaler Stadtbibliothek in der Kolpingstraße zu begeben und sich über Autor und Stück kundig zu machen.

Harnach holte Vera am Samstag um kurz vor sechs ab. Sie trug ein mittellanges Kleid, dessen Rot-Ton exakt den Schimmer ihrer Haare widerspiegelte, Pumps in hellerem, mattem Rot und hautfarbene Strümpfe. Sie hatte ihm nie besser gefallen.

Aber war es nicht offensichtlich, dass er selbst in seinem Smoking auch hervorragend aussah? Konnte man jemandem widersprechen, der sie als ein noch junges, schönes Paar bezeichnete, zwei Menschen, die füreinander geschaffen waren?

Als sie neben ihn ins Auto stieg, überfiel ihn der starke

Drang, ihr über die Beine zu streichen, aber er beherrschte sich.

Dennoch wäre es auf der Fahrt fast zu einer Verstimmung gekommen. Bestgelaunt flog Harnach Köln entgegen und schaufelte mit der Lichthupe die Überholspur frei. Als er einmal auf den letzten Metern von 200 auf 130 abbremste und dabei so dicht auffuhr, dass Vera die Schrift auf dem Aufkleber am Heck des Vordermannes lesen konnte, fragte sie genervt: „Muss das sein?"

„Das macht der Trottel doch mit Absicht", belehrte sie Harnach ganz entspannt, „dass er mit seinem Schrott die Überholspur blockiert."

Von nun an hielt er sich jedoch etwas zurück, was sie auch anerkannte.

„Du bist ja zuletzt richtig zivilisiert gefahren", sagte sie, als sie am Theater aus dem Wagen stiegen.

„Ja", entgegnete er, „wie ein Opa mit Hut."

Ihm gefiel das Stück. In der Pause brachte er ihr ein Glas Sekt-Orange, während er sich selbst - er musste ja zurückfahren - mit Orangensaft pur begnügte. Sie fielen auf, als sie an einem der kleinen Theatertische standen.

„Gefällt's dir?" fragte er.

„Ja, sehr - und dir?"

Er hätte ihre Frage schlicht bejahen können, antwortete aber:

„Es ist hervorragend. Wie Tschechow diese Dekadenz

einer untergehenden Gesellschaft beschreibt. Großartig." Auch mit der Leistung der Schauspieler war er im Ganzen sehr zufrieden, hatte aber am Spiel der einen und des anderen die eine oder andere Kleinigkeit auszusetzen. Vera hörte ihm zu und lächelte. Irgendetwas an ihm schien sie zu amüsieren.

„Gehen wir noch etwas trinken?" fragte sie, nachdem die Aufführung zu Ende war und sie stehend applaudiert hatten.

Er konnte ihr diese Bitte natürlich nicht abschlagen.

Sie gingen in eine Kneipe nahe dem Theater und kamen mit einem Mann Anfang fünfzig ins Gespräch. Er war auch im Theater gewesen und hatte offensichtlich Gefallen an Vera gefunden. Der Mann hatte aus beruflichen Gründen viele Jahre im Ausland verbracht und erzählte nun Anekdoten, die er im Nahen und Fernen Osten, in Lateinamerika und in Südafrika erlebt hatte. Er konnte gut erzählen und war witzig, aber er übertrieb es. Zwischendurch warf er Runden und spendierte Vera Cocktails.

Allein Harnach blieb beim Mineralwasser.

„Ich muss fahren", erklärte er entschuldigend.

Bei Vera hingegen tat der Alkohol langsam seine Wirkung. Sie lachte sich über die kleinen Geschichten des Mannes schief, während Harnach mit zunehmender Dauer immer gequälter schaute.

„Der Angeber geht mir auf den Keks", raunte er ihr zu, als der Mann gerade zur Toilette gegangen war.

„Mal etwas ganz anderes", entgegnete Vera. Sie sah ihn an und schien plötzlich wieder nüchtern geworden zu sein.

„Ich habe auch eine Einladung für dich."

„Das klingt ja verheißungsvoll."

„Ich bin am Freitag auf eine Vernissage eingeladen. Kommst du mit?"

„Warum nicht? Ich mache alles, was du willst." Letzteres sollte scherzhaft klingen, aber Vera ging nicht darauf ein.

„Willst du nicht wissen, was für Bilder gezeigt werden?"

„Was für Bilder werden gezeigt?"

„Porträts und mediterrane Landschaften. Und es gibt etwas zu essen."
Sie sah ihm in die Augen, aber er antwortete nur: „Das klingt gut - beides natürlich."

Er wandte seinen Blick von ihr ab. Der Anekdotenerzähler kam nicht mehr ganz sicheren Schrittes von der Toilette zurück.

„Der Maler heißt übrigens Oliver Stolze", sagte Vera.

Er schaute sie an: „Kenne ich nicht."

„Wirklich nicht?" fragte sie verwundert.

„Nein", antwortete er lachend, „ich bin eben ungebildet, aber ich arbeitete an mir."

„Alles klar bei euch zwei Hübschen?" fragte der Mann mit viel zu lauter Stimme.

„Ja", erwiderte Harnach, „wir gehen."

„Aber ihr könnt doch nicht so früh am Abend...", widersprach der Mann. Er lallte noch nicht, man merkte seiner Stimme jedoch schon an, dass er mit Alkohol gearbeitet hatte.

„Auf Wiedersehen", sagte Harnach. Er hatte seinen rechten Arm um Vera gelegt, um sie notfalls auch von dem alten Säufer wegzuschieben, aber sie leistete keinen Widerstand.

„Vielen Dank für die Cocktails", sagte sie lächelnd.

Auf der Rückfahrt schwiegen sie lange. Es zog sogar Harnachs rechte Hand nicht in Richtung Beifahrersitz.

„Die BayArena", sagte er nur einmal kurz, als sie das Leverkusener Kreuz passierten und linker Hand das Stadion sahen. Es konnte den Blicken der Autofahrer selbst zu dieser späten Stunde nicht entgehen. Keine drei Minuten später, unmittelbar hinter der Ausfahrt Opladen, bemerkte er, dass etwas nicht stimmte.

„Ist was?" fragte er.

„Fahr da bitte rechts raus", sagte sie leise.

Er bremste scharf und fuhr auf den Parkplatz. Der Wagen war kaum zum Stehen gekommen, da riss sie schon die Beifahrertür auf und übergab sich.

Als sie sich kreidebleich in ihren Sitz zurückfallen ließ, fuhr er bei offener Tür ein paar Meter weiter und blieb wieder stehen. Er senkte die Rücklehne ihres Sitzes, so dass sie bequem liegen konnte.

„Danke", sagte sie leise.

Er wartete, dann stieg er aus. In den guten, alten Zeiten, als er noch geraucht hatte, hätte er sich jetzt eine Zigarette genehmigen können. Er schaute nach oben. Er sah keine Sterne, denn der Himmel war bedeckt. Es gab Ziele im Leben, die man erreichte, und andere, die, auch wenn man ihnen noch so sehr hinterherjagte, für ewig unerreichbar blieben. Er beispielsweise würde den Körper der Frau in seinem Auto wohl nie besitzen. Immer kam etwas dazwischen. Als ob sie es mit Absicht machte.

Er fröstelte, denn der Herbst hatte mit Macht Einzug gehalten und es war kalt geworden. Er ging um den Wagen herum und schloss die Beifahrertür. Dann stieg er wieder ein. Er strich ihr mit dem Zeigefinger sanft und tröstend über die Wange.

Sie zuckte zusammen. „Entschuldigung", sagte sie schnell. „Ich glaube, wir können weiterfahren."

„Geht's wieder?" fragte er und ließ den Motor an.

„Es tut mir wirklich leid, aber ich vertrage anscheinend keinen Alkohol mehr."

„Beim nächsten Mal bekommst du den ganzen Abend nur Kakao."

„Bitte nicht", protestierte sie müde, „wenn ich mir jetzt vorstelle, Kakao zu trinken, wird's mir schon wieder schlecht." Sie gähnte und schloss die Augen.

Harnach fuhr los. Seine gute Laune war restlos verflogen. Die Scheintote neben ihm, die apathisch in den Sitzen hing, hatte auch ihn melancholisch gemacht und in jeder Beziehung demotiviert, so dass er lustlos mit schlappen 150 dem Tal entgegenkroch.

„Vielen Dank für den schönen Abend", sagte sie, nachdem Harnach vor ihrem Haus gehalten hatte. Ihre Worte klangen fast so, als hätte sie ein schlechtes Gewissen.

„Gute Besserung", erwiderte er väterlich.

„Ich hoffe, der morgige Tag wird nicht allzu hart." Sie lächelte tapfer.

Dann stieg sie aus. Er blickte ihr noch nach, wie sie - sehr langsam, geradezu bedächtig, aber ohne zu schwanken - zur Tür ging.

Dann fuhr er los. Einmal mehr war ein Abend mit ihr letztlich enttäuschend verlaufen. Und dann die Verabredung für Freitag, die ihm natürlich nicht behagte.

Andererseits: Er sollte da gerade hingehen. Es ging nur darum, sich normal zu verhalten – in jeder Hinsicht. Er lächelte. Was tat man nicht alles für die Frauen?

23

An der anderen Front verlief alles ruhig. Am Dienstag inspizierte der Kleine allein die Baustelle.

„Alles klar am Bau?" fragte Harnach, als sein Partner zurückkam.

Der Kleine hielt den Daumen hoch. „Auf der Baustelle ist alles klar", bestätigte er.

„Gut", sagte Harnach, „vielleicht haben sie aufgegeben."

„Vielleicht", wiederholte der Kleine skeptisch, aber Harnach ließ sich von seinem Pessimismus nicht anstecken.

„Sie haben's halt versucht", erklärte er, „aber es hat nicht geklappt."

Die Galerie befand sich auf dem Sedansberg. Er brauchte nicht lange nach der Nummer *86* zu suchen, denn vor dem Eingang herrschte ein regelrechtes Gedränge. Ein junger Mann führte Eingangskontrollen durch, damit sich kein Nichteingeladener einschlich und vollfraß. Vera stand neben ihm und deutete auf Harnach, der sich den Weg zu ihr bahnte. Sie sagte etwas zu dem Türsteher, so dass dieser Harnach einließ. Sie musste sich vorher ausgewiesen haben. Vera trug ein langes, schwarzes Kleid, das - zumindest solange sie stand - ihre Beine bedeckte, andererseits aber ihre Arme und Schultern frei ließ. Ihr Dekolleté wirkte verführerisch, aber nicht aufdringlich.

Als er sie so sah, schoss ihm der Gedanke durch den Kopf, ihr heute Abend - wie beiläufig und selbstverständlich - einen Heiratsantrag zu machen. Er verwarf ihn sofort wieder. War er denn schon völlig durchgeknallt?

Da die Treppe, die hinauf in den ersten Stock und zur eigentlichen Galerie führte, mit einem Band abgesperrt war, betraten Vera und Harnach zunächst das Restaurant im Erdgeschoss, das in Restaurantführern in einem Atemzug mit dem noblen Lokal in Vohwinkel genannt wurde, das Harnach und Vera erst kürzlich besucht hatten.

Restaurant und Galerie gehörten anscheinend zusammen.

Heute war das Restaurant geschlossen, und so standen

die Räumlichkeiten für die Vernissage zur Verfügung.

Befremdet stellte Harnach fest, dass es fast wie in einer Pommesbude roch.

Sie standen wie die anderen Besucher eine Zeitlang fast verloren herum, bis der Künstler selbst das Wort ergriff. Stolze war - wie Harnach - Ende Dreißig, groß und schlank. Er trug kunstvoll verstrubbelte blondierte Haare. Man hätte ihn für den Sänger einer Punkrockband halten können, die sich mittlerweile etabliert hatte. Er hielt eine kleine Begrüßungsrede.

„Liebe Gäste", rief er und hob den Arm. „Meine Damen und Herren! Darf ich für einen Moment um Ruhe bitten?" Folgsam verstummten die Gäste und bildeten einen etwas ungeordneten Halbkreis um den Redner.

„Jetzt seid ihr also alle wieder da", konstatierte der Maler lächelnd, und es klang wie die freundliche Umschreibung von *Jetzt habe ich euch Torfnasen schon wieder am Hals.*

„Und ihr wollt nur eins: Ihr wollt euch meine Bilder anschauen. Ihr könnt es schon gar nicht mehr erwarten. Ihr seid geradezu geil darauf, die Bilder zu sehen." Bei dem Wort geil hatte er eine attraktive, blonde Mittdreißigerin derart ungeniert grinsend mit den Augen fixiert, dass ihr Begleiter sichtlich verlegen wurde.

„Oder ist es doch ganz anders?" fragte er plötzlich mit Verschwörermiene. Dann trat er vor einen beleibten Herrn, der nichtsahnend in seine Nähe geraten war, und klopfte ihm jovial auf die Wampe.

„Vielleicht seid ihr in Wahrheit nur scharf auf seine Reibeplätzchen?" rief er plötzlich aus und zeigte auf den

Koch, der gerade aus der Küche gekommen war. „Vielleicht wollt ihr einfach nur kostenlos speisen", fügte er hinzu und grinste diabolisch.

„Aber dann tut wenigstens so, als ob ihr euch für Kunst interessieren würdet. Geht nach oben, schaut euch die Bilder an, imponiert euren Begleiterinnen mit lobenden oder" - an dieser Stelle schaute er betont streng - „kritischen, auf alle Fälle aber geistreichen Bemerkungen und lasst euch vor einer Stunde nicht wieder hier blicken. Erst dann gibt's was zu fressen. Die Frau meines Lebens wird euch den Weg freigeben. Also los, haut ab! Verschwindet!"

Die Gäste applaudierten freudig, entweder aus Erleichterung darüber, dass die Pöbeleien nun ein Ende hatten, oder weil sie es im Gegenteil tatsächlich chic fanden, von einem wirklichen Künstler hart angefasst zu werden. Der getätschelte Dicke klatschte besonders eifrig. Der Maler musste mit der Rede genau seinen Geschmack getroffen haben.

Eine sehr junge, vielleicht zwanzigjährigen Frau, deren blonde Haare so kurz geschoren waren, dass sie im Wortsinn an einen Skinhead erinnerte, durchschnitt nun nicht ohne Feierlichkeit das Band, das den Weg nach oben versperrte. Sie trug ein Top mit Spaghettiträgern, einen schwarzen Lederrock, Netzstrümpfe, klobige Stiefel auf Plateausohlen und Tätowierungen an beiden Schultern. Ihre Nase zierte ein kleiner Edelstein und ihre Ohren gut ein Dutzend Ringe. Sie hatte ein ausgesprochen hübsches Jungmädchengesicht, so dass sich Harnach bei ihrem Anblick unwillkürlich an den Spruch vom schönen Menschen erinnert fühlte, den nichts verunstalten könne.

Eine zweite junge Frau, die ihr – auch im Outfit – so

sehr ähnelte, dass es sich eindeutig um ihre Zwillingsschwester handeln musste, bildete nun mit ihr am Fuß der Treppe ein Spalier, durch das die Gäste nach oben schritten.

Als Vera und Harnach den Ausstellungsraum betraten, wurden sie vom hellen Licht geradezu geblendet. Die Wände waren weiß, die Decke himmelblau, und in himmelblauen Lettern stand auch der Titel der Ausstellung an der Wand:

Das Licht von Ios IV. Es wurden keine Stromkosten gescheut, um den Besuchern einen Eindruck von der Helligkeit ägäischer Sommertage zu vermitteln.

Vera und Harnach schritten die Gemälde ab. Sie sahen kykladische Dörfer und Häfen, Häuser, Windmühlen und Buchten. Unter den Bildern waren auch einzelne Porträts, die mit Ausnahme von einem Einheimische zeigten.

„Stolze lebt drei bis vier Monate im Jahr auf Ios", sagte Vera. „Er hat dort ein Haus."

„Der Glückliche", bemerkte Harnach. Er fand die Bilder hübsch und nett.

An dem Porträt einer vielleicht fünfundvierzigjährigen Frau mit Sonnenhut, ein Bild mit dem Titel *Lena - Variation VII*, wollte er schon vorbeigehen, aber Vera hielt ihn fest.

„Die verstorbene Frau des Malers", bemerkte Vera, „bei jeder Ausstellung zeigt er ein Bild von ihr - als ehrendes Andenken sozusagen."

Sie blickte Harnach an.

„Die war ja um einiges älter als er", konstatierte er.

„Warum nicht?" fragte Vera.

Er entgegnete darauf nichts, und so gingen sie weiter.

Besonders gut gefiel ihnen ein Gemälde mit dem etwas sonderbaren Titel *áfixis*, das die Chora über dem Hafen von Ios zeigte. Allein das Motiv - ganz abgesehen von der künstlerischen Qualität des Bildes - war beeindruckend schön.

Nachdem sie sich sattgesehen hatten, gingen sie nach unten, wo die angekündigten Reibekuchen ausgegeben wurden und sich bereits eine Schlange gebildet hatte.

Das Salatbüfett war weniger frequentiert.

Harnach glänzte einmal mehr als Kavalier. Vera wollte sich mit Salat begnügen, und so nahm er einen Teller, trat mit ihr ans Büfett und belud ihn nach ihren Wünschen für sie. Danach reihte er sich brav in die Schlange ein, um sich selbst mit Reibekuchen und Apfelmus versorgen. Seit Iris' Zeiten hatte sich einiges geändert.

Sie gingen durch den rückwärtigen Ausgang in den schönen Garten. Harnach fand ein lauschiges Plätzchen, an dem beinahe versteckt ein Tisch mit Stühlen stand.

„Hier kann man im Sommer sicher wunderschön draußen essen", sagte er. Vera schaute ihn an. Bezweifelte sie etwa immer noch, dass er Romantiker war?

Dann betraten sie den geräumigen Pavillon, der sich ebenfalls im Garten befand. Dort hatte man Stehtische aufgestellt. An einem davon aßen sie.

Sie waren gerade fertig, als der Maler mit zwei Gläsern Sekt zu ihnen trat.

„Hat es Ihnen gefallen?" fragte er.

„Sehr", entgegnete Vera, „besonders übrigens das Gemälde mit dem Hafen und dem herrlichen Ort dahinter.

„Sie meinen *afixis*, die Ankunft ", präzisierte der Maler, „es ist das Bild von Ios, das sich dem Reisenden bietet, wenn sein Schiff in die Hafenbucht fährt. Es wird ihm", fügte er nachdenklich hinzu, „für immer unvergesslich bleiben."

Dann reichte er ihnen die Gläser und lächelte:
„Sie müssen ja gut über mich schreiben."

„Das mache nicht ich", widersprach Vera, „sondern eine Kollegin von mir. Ich arbeite nicht fürs Feuilleton."

„Sie geben mir sofort den Sekt zurück", befahl der Maler barsch und lachte.

„Kennen sich die Herren eigentlich?" fragte Vera, „Norbert Harnach, Bauunternehmer, und Oliver Stolze, Maler.

Der Maler sah Harnach durchdringend an. „Harnach, Harnach", wiederholte er leise den Namen, „ja, ich kenne Sie. Ich komme nur nicht drauf, woher."

Harnach hatte die ganze Zeit geschwiegen. Jetzt schien es ihn verlegen zu machen, dass ihn der andere kannte, er sich aber seinerseits an nichts erinnern konnte.

„Aber manchmal ist es ja so", schränkte der Maler ein, „dass man jemanden zu kennen glaubt, der in Wahrheit nur irgendeinem Prominenten ähnlich sieht. Wahrscheinlich sehen Sie einem Schauspieler aus einer dieser hervorragenden Vorabendserien ähnlich, die ich mir immer anschaue."

Vera quittierte des Malers Selbstironie mit einem Lächeln, während Harnachs Züge steif und ausdruckslos blieben.

„Kennen Sie die übrigens?" fragte der Maler plötzlich Vera und deutete auf eine zierliche Frau und einen ebenfalls eher schmächtigen Mann, der einen gepflegten Vollbart trug und Pfeife rauchte. Beide waren an die siebzig. Sie standen drei Tische weiter und unterhielten sich angeregt.

Vera zuckte mit den Achseln.

„Sie kennen die Frau nicht?" fragte der Maler, „dann arbeiten sie wirklich nicht fürs Feuilleton."

„Aber für den Lokalteil, und wenn in den letzten Jahren...", versuchte sich Vera zu verteidigen, aber der Maler unterbrach sie.

„Ja, vielleicht war es vor Ihrer Zeit. Sie hat jedenfalls in den 50er-Jahren mit ihrem Mann das alles hier aufgebaut. Als große Förderer der Kunst haben sie jahrzehntelang diese Galerie geleitet, bis ihr Mann gestorben ist und sie die Galerie mitsamt dem Restaurant verkauft hat, wobei ich glaube, dass es ihr überhaupt nicht gefällt, so ganz aus dem Geschäft zu sein. Und der Mann an ihrem Tisch malt hiesige Landschaften und Jagdszenen. Er wohnt seit einem halben Jahrhundert im Nebenhaus."

Er schaute Vera schmunzelnd an.

„Verstehen Sie nicht? Hier prallen zwei Welten der

Malerei unbarmherzig aufeinander – dort das Nette, Triviale, hier die *wahre Kunst*. Selbstverständlich lade ich immer beide ein."

„Und Sie", bemerkte Vera, „wo stehen Sie? Sie gehören sicher zur Fraktion der wahren Künstler?"

„Ich will", entgegnete der Maler lächelnd, „mit meinen Bildern Geld verdienen. Das ist alles. Daher bin ich Ihnen auch", fügte er hinzu, wobei sein Lächeln in ein breites Grinsen überging, „sehr dankbar dafür, dass Sie hier mit einem Bauunternehmer und nicht mit irgendeinem armen Schlucker erschienen sind."

„Aber man sagt, dass Sie es eigentlich gar nicht mehr nötig..."

Der Maler fiel Vera erneut ins Wort. Er war plötzlich vollkommen ernst geworden. „Das sind Gerüchte, die in mir Erinnerungen wecken, die mich immer noch traurig machen. Außerdem braucht jeder Geld."

„Das tut mir leid", entschuldigte sich Vera.

„Macht überhaupt nichts", entgegnete der Maler freundlich, „ich wünsche Ihnen jedenfalls noch viel Spaß, während ich mich jetzt einmal um meinen nächsten Galeristen kümmern werde. Und Sie", wandte er sich plötzlich streng an Harnach, „Sie sollten nie vergessen: Gegenüber einer schönen und klugen Frau schmückt sich Mann am besten mit – Kunst. 22.000 und *Die Ankunft* gehört Ihnen."

Die letzten Worte hatte er schon rückwärtsgewandt im Gehen gesprochen und trat nun zu einem kleinen, fast glatzköpfigen, rundlichen Mann um die fünfzig, der eine Fliege trug und an einem der Tische allein einen Salat verzehrte. Er war elegant und mit großer Sorgfalt gekleidet und dezent geschminkt.

„Hey, du alte Tunte", rief der Maler fröhlich, „hast du schon ein paar hübsche Knaben entdeckt?"

Der Mann wischte sich mit einer Serviette den Mund ab und sah den Maler an, ohne etwas zu erwidern.

„Aber mal was anderes. Lass uns über Frauen sprechen, obwohl ich weiß, dass dich das Thema nicht besonders interessiert. Ich habe eine Malerin kennengelernt, die zurzeit im *Le Blanche* ausstellt. Eine kleine Galerie in der Elberfelder Nordstadt, kennst du sicher."

Der Galerist nickte.

„Die musst du dir unbedingt ansehen – leidend, depressiv, aber das, was sie macht, hat – wie ihr Schleimer sagen würdet – Kraft. Kunst, verstehst du, das ist Kunst."

„Danke für den Tipp", sagte der Galerist ruhig.

„Ist doch gern geschehen", erwiderte der Maler grinsend.

„Dein Charme, Stolze, ist übrigens wirklich bezaubernd. Ich könnte mich glatt in dich verlieben."

„Gib dir keine Mühe. Es hat keinen Zweck", entgegnete der Maler verächtlich, ließ den Galeristen stehen und ging zu den beiden Schwestern, die die beiden Männer schon geraume Zeit beobachtet hatten und den Galeristen augenscheinlich amüsant fanden.

„Was gibt's denn da zu kichernd?" sagte er und musste selbst lachen. Dann nahm er beide Frauen in den Arm und küsste die, die links neben ihm stand, auf den Mund.

Die kurze Phase der Wehmut und Nachdenklichkeit hatte er schnell überwunden.

„Kaufst du's?" fragte Vera.

Harnach schwieg.

„Also, was war mit seiner Frau?" fragte er plötzlich.

„Sie wurde vor fünf Jahren ermordet."

Harnach schaute konsterniert.

„Von ihm?"

„Würde er dann hier frei rumlaufen? Es war wahrscheinlich ein Einbrecher. Ihn hat man allerdings auch verdächtigt. Er hatte ja ein Motiv, das Geld seiner Frau. Aber er hatte ein Alibi: Er war auf Ios."

„Moment", warf Harnach ein, „konnte er da nicht zwischendurch...?"

„Nein", widersprach Vera, „er war am Mordtag auf Ios, es gab Zeuginnen."

„Also war er es nicht", stellte Harnach sachlich fest.

„So ist es. Hast du denn nichts von dem Fall gehört? Das stand doch alles dick in der Zeitung."

„Vor fünf Jahren - und außerdem lese ich nur die Sportseiten."

Vera schaute ihn an.

„Und das Feuilleton", fügte er schmunzelnd hinzu.

Wenig später drängte Harnach zum Aufbruch, aber Vera erklärte, dass sie noch etwas bleiben wolle. Als es ihm zu lange wurde, ging er schließlich allein.

Er trat aus dem Pavillon in den Garten und ging die zehn Schritte bis zum rückwärtigen Eingang des Restaurants. Jetzt, da er im Licht stand, drehte er sich noch einmal um. Ihre Blicke begegneten sich, und Vera winkte ihm dezent und freundlich zum Abschied zu.

3. AKT

1

Er fuhr über die Autobahn und war zehn Minuten später zu Hause. Schräg gegenüber seiner Garageneinfahrt stand ein Volvo, dessen Farbe - schwarz oder dunkelblau - er jetzt in der Nacht nicht genau erkennen konnte. Die Straße vor seinem Haus war nie richtig zugeparkt, einzelne Wagen standen hier aber immer.

Harnach fuhr rückwärts an die Garage heran, stieg aus und öffnete die Garagentür.

Als er wieder in den Wagen steigen wollte, nahm er links von sich die Bewegung eines Schattens wahr. Er wollte den Kopf schon in Richtung des Volvo herumreißen, da fielen die Schüsse. Er warf sich zu Boden und rollte sich, so gut es ging, unter sein Auto. Unmittelbar darauf hörte er, wie ein Wagen mit quietschenden Reifen davonfuhr. Er blieb aber noch einige Minuten unter seinem Wagen liegen, bevor er wieder hervorkroch und sich in Hockstellung vorsichtig umsah. Niemand war zu sehen oder zu hören. Der Volvo war verschwunden.

Schließlich fuhr er seinen Wagen in die Garage. Er erschauderte, als er die zwei Einschusslöcher in der Windschutzscheibe sah.

Gute Nerven hatten die aber auch nicht, sagte er sich plötzlich. Hätten sie noch die wenigen Sekunden gewartet, bis er wieder hinter dem Steuer gesessen hätte, dann hätte er in ein paar Tagen ins Harnach'sche Familiengrab auf dem nahe gelegenen Friedhof *Bredtchen* umsiedeln können.

Er schloss die Garagentür und ging ins Haus.

Er zitterte.

Eine Viertelstunde später ließ er sich ein Taxi kommen. Nachdem ihn der Taxifahrer abgesetzt hatte, musste er ein Dutzend Mal klingeln. Dann hörte er Veras Stimme über die Sprechfunkanlage.

„Weißt du, wie spät es ist?" fragte sie,

„Ich muss dich unbedingt sprechen", flehte er.

Sie schwieg und schien zu überlegen. Endlich hörte er das Summen des Türöffners und drückte die Haustür auf.

Vera trug einen schwarz glänzenden Morgenmantel. Sie musste sich die Haare gekämmt haben. Ihre Frisur deutete jedenfalls nicht darauf hin, dass man sie unmittelbar zuvor aus dem Bett geklingelt hatte.

Harnach wankte mit scheuem Blick an ihr vorbei in die Wohnung.

„Setz dich doch", sagte sie und deutete auf das Sofa, während sie sich in den einzigen Sessel setzte. Er kam ihrer Aufforderung nicht nach.

„Man hat auf mich geschossen", sagte er leise.

Vera schaute ihn erschrocken an, er aber ging vor ihr auf die Knie und legte seinen Kopf in ihren Schoß.

Er spürte mit Wange und Hand die Haut ihrer Oberschenkel, was er unter normalen Umständen als sehr sinnlich und stimulierend empfunden hätte. Jetzt aber wartete er nur darauf, dass sie ihre Hand tröstend auf seinen Kopf legte. Das tat sie auch, schien aber dabei völlig abwesend, denn ihre Hand lag regungslos und wie tot auf seinen Haaren. So verharrten sie einige Zeit schweigend, bis sie schließlich „Einen Moment mal" sagte und seine Schultern leicht nach oben drückte, woraufhin er sich aufrichtete, so dass sie aufstehen konnte.

Sie ging in die Küche und kam mit Zigaretten, Streichhölzern und Aschenbecher zurück. Harnach saß noch immer auf dem Fußboden und lehnte an dem Sessel, in dem sie vorher gesessen hatte. Sie zündete sich eine Zigarette an. „Du auch?" fragte sie plötzlich, ganz die Gastgeberin, die sich im letzten Moment an ihre Pflichten erinnerte. Als er nickte, nahm sie ihre Zigarette und steckte sie ihm, ohne sich zu bücken, in den Mund.

„Danke", sagte er und saugte gierig den Rauch ein, während sie den Aschenbecher vor ihm auf den Tisch stellte und sich selbst eine neue Zigarette anzündete.

Die Zigarette schien seine Lebensgeister zu erwecken. Er kam wieder zu sich.

„Jetzt hör mir mal zu", begann Vera, und er schaute sie aufmerksam von unten an. „Du gehst jetzt zur Polizei und nichts anderes." Sie bemühte sich, resolut zu wirken, was ihn nicht beeindruckte.

„Wie wollen die mich schon schützen?"

Vera wollte etwas entgegnen, aber er fuhr fort: „Außerdem: Wenn publik wird, dass man auf mich geschossen hat, dann bin ich geschäftlich erledigt. Wer gibt mir dann noch einen Auftrag?"

„Und was willst du sonst machen?" fragte sie.

Harnachs Achselzucken war keine Antwort.

„Du schreibst keine Zeile darüber", sagte er schließlich.

„Für wen hältst du mich?"

„Hast du eigentlich schon etwas herausgefunden?"

„Ein wenig. Der Mord an dem Düsseldorfer Makler war eindeutig eine Eifersuchtstat. Ein kleiner Dreher, gerade mal zwanzig, hat eine hübsche Freundin und ist natürlich ganz stolz auf sie. Dann kommt ein Berufskollege von dir im schicken Anzug und flotten BMW..."

„Der BMW hat's dir offensichtlich angetan", warf er ein.

„Kurz und gut, der Makler spannt dem Jungen die Freundin aus, und der Junge spitzt sich einen Schraubenzieher an und ersticht den Makler damit. Und da er keine weitere Verwendung mehr für die Leiche hat, deponiert er sie im Kofferraum" - sie lächelte ihn an - „des BMW." Sie nahm noch einen Zug von ihrer Zigarette. Dann zerdrückte sie den Stummel im Aschenbecher. „Die Geschichte mit der Mafia ist übrigens Quatsch. Das Geschäft ist härter geworden, aber hinter der Immobiliengruppe, die so massiv ins Geschäft drängt, steckt eindeutig nicht die Mafia, sondern ein britisches Bankenkonsortium. Wenn du nun sagst, das sei das gleiche - von mir aus."

Obwohl die ganze Situation dramatisch genug war, hatte sie ihren Humor nicht verloren.

„Und Lorenzo?"

„Über den habe ich noch nichts herausgefunden, was ja auch schon wieder verdächtig ist. Ich bin ganz sicher, dass dieser Lorenzo dein Problem ist und nicht die Mafia oder irgendeine andere obskure Organisation."

Harnach schaute sie an.

„Ich verspreche dir, ich werde mich in den nächsten Tagen nur um Lorenzo kümmern. Ich werde etwas über ihn herausfinden. Wir werden uns nicht so einfach geschlagen geben."

Sie lächelte ihn an, und er lächelte müde, aber auch wieder zuversichtlich zurück. Das *Wir* hatte viel bewirkt. Außerdem schien sie jetzt ganz auf seine Linie eingeschwenkt zu sein. Den Gedanken an die Polizei hatte sie aufgegeben. Es musste eine andere Lösung gefunden werden.

Vera ging zum Telefon und nahm den Hörer ab. „Ich rufe dir jetzt ein Taxi", sagte sie und lächelte erneut.

2

„Vielleicht wollten die mich gar nicht umbringen. Vielleicht haben sie ja absichtlich danebengeschossen", sagte Harnach, nachdem er dem Kleinen von dem Anschlag berichtet hatte.

„Kann sein", bemerkte dieser.

„Vielleicht war es wirklich nur eine Drohung", fügte Harnach hinzu. Er schien sich selbst beruhigen zu wollen, aber bei dem Kleinen kamen seine Beschwichtigungsversuche nicht an.

„Wie dem auch sei", erklärte er entschlossen, „jetzt ist Schluss. Ich besorge dir einen Leibwächter."

„Du bist doch zusammengeschlagen worden", widersprach Harnach zaghaft, aber der Kleine duldete keine Einwände.

„Du bist der Chef", entgegnete er, „und du bekommst einen Leibwächter."

„Wenn du meinst." Harnach gab sich geschlagen, denn der Kleine hatte ja recht.

„Und was machen wir mit dem Wagen?"

„Ich habe da eine Idee", antwortete der Kleine und grinste.

So kam es, dass der Kleine am späten Abend, als es schon dunkel und mit dem Auftauchen von ungebetenen Zeugen nicht mehr zu rechnen war, auf das Garagendach stieg. Harnach fuhr den Wagen - natürlich ohne das Licht anzuschalten - ein Stück aus der Garage, so dass der Kleine, nachdem Harnach ausgestiegen war, einen größeren Stein auf die Windschutzscheibe fallen lassen konnte.

Dann kletterte er wieder vom Dach herunter. Sie hatten gute Arbeit geleistet. Die Windschutzscheibe war auf der Fahrerseite fast völlig zerstört und von den Einschusslöchern nichts mehr zu sehen.

„Es ist immer dasselbe: Wenn man im Baugewerbe tätig ist, fällt einem schon mal ein Stein aufs Dach."

Sie klatschten sich ab wie besonders findige Jungen, die einmal mehr clever genug waren, die anderen übers Ohr zu hauen, obwohl Harnach natürlich spürte, dass es im Grunde genommen grotesk war, dass er mit Hilfe des Kleinen die Spuren eines Anschlags beseitigen musste, den andere auf ihn verübt hatten. Aber was hätten sie tun sollen?

Der Kleine säuberte noch das Wageninnere von Glasscherben. Die beiden Kugeln hatte er schon am Nachmittag aus dem Polster gepult und vor Harnach auf den Schreibtisch gelegt.

„Ich bringe den Wagen am Montag in die Werkstatt", sagte er schließlich. Er hätte jetzt gehen können, aber er wartete.

Harnach warf noch einen Blick auf den Wagen, bevor er die Garagentür schloss.

„Findest du nicht, das sollte begossen werden?" schlug Harnach vor.

Der Kleine lächelte.

„Du meinst nach diesem Abenteuer?"

Harnach nickte. „Auf jeden Fall."

So fuhren sie mit dem smaragdgrünen Karmann Ghia des Kleinen zum Café Mozambique.

Da sie nicht da war, konnte man über sie sprechen.

„Also schieß schon los", sagte der Kleine aufmunternd, nachdem sie miteinander angestoßen hatten. „Wie läuft's?"

Harnach schwieg nachdenklich.

„Wie findest du sie eigentlich?" fragte er schließlich zurück.

„Offen gesagt, sie ist schön, aber nicht die Frau, auf die ich abfahre", antwortete der Kleine und lachte, „mindestens zehn Zentimeter zu groß. Aber *dir* muss sie ja gefallen."

„Ich frage mich, ob die von Lorenzo kommt", entgegnete Harnach. Ihm war überhaupt nicht zum Scherzen zumute.

Der Kleine schaute Harnach an. Er schien amüsiert.

„Jetzt wirst du paranoid."

„Vielleicht", entgegnete Harnach und blickte an dem Kleinen vorbei auf einen Punkt an der Wand.

„Ihr habt also noch immer nicht miteinander..."

Harnach schüttelte den Kopf.

„Das wundert mich überhaupt nicht. Eine moderne deutsche Frau, intellektuell angehaucht. Dann sieht sie sehr gut aus. Sie kann es sich also leisten."

Er schmunzelte. „Weißt du, was die zu Hause hat? Einen riesigen Multiple-Choice-Test, und nach dem checkt sie dich in aller Ruhe ab. Dann rechnet sie die Punktzahl aus und entscheidet aufgrund dieser Punktzahl, ob sie Gefühle in dich investiert oder nicht."

„Du spinnst", bemerkte Harnach.

„Überhaupt nicht", widersprach der Kleine. „Ich sehe, dass du mit dieser Art Frau noch nie etwas zu tun hattest."

„Du aber."

„Ich schon. Aber lass uns weiter die Lage beurteilen. Es gibt zwei Möglichkeiten.

Entweder die alte Geschichte von Verstand und Gefühl. Ihr Verstand ist gegen dich, weil du ein bitterböser Makler bist und ein schrecklicher Macho und Sexist, der auf Frauen in Miniröcken und mit dunkelrot lackierten Fingernägeln steht, aber ihr Gefühl ist für dich, und zwei Seelen kämpfen ach, in ihrer Brust. In diesem Fall würde ich ein schlappes Jahresgehalt auf dich setzen, wenn sie

Italienerin wäre, aber sie ist Deutsche, und da stünden deine Chancen höchsten fifty-fifty.

Die zweite Möglichkeit: Du hast ganz einfach die nötige Punktzahl nicht ganz erreicht, und sie testet aus, ob noch Erziehungspotential vorhanden ist."

„Du tickst nicht ganz sauber."

„Harnach", protestierte der Kleine vorwurfsvoll, „du hattest bisher..."

„Ich weiß", fuhr ihm Harnach dazwischen, „Ich hatte immer Frauen, mit denen man dreimal pro Jahr ins Musical musste, die einem dafür aber ansonsten bei jeder Gelegenheit mit ständig wachsender Begeisterung mit ihrer Sinnlichkeit..."

„Genau", bestätigte der Kleine begeistert, „aber von allen neidischen Menschen bin ich doch sicher der sympathischste."

Mit diesen Worten hob er sein Glas, und sie stießen ein weiteres Mal miteinander an.

3

'Da hat der Kleine wieder einmal gute und schnelle Arbeit geleistet', dachte Harnach, als er am Montagmorgen sein Büro betrat. Der Mann, der vor Harnachs Schreibtisch saß, war noch keine dreißig Jahre alt und erinnerte in nichts an die bekannten Muskelpakete, die Kaugummi kauend irgendwelche obskuren VIPs umstanden und denen man direkt ansah, dass sie zuschlagen konnten und sonst nichts. Er sah eher aus wie der durchtrainierte Hauptdarsteller eines Aktionsfilms, den er selbst produziert hatte. Wahrscheinlich hatte er der Meybaum im Vorraum ein Autogramm gegeben.

„Darf ich vorstellen", sagte der Kleine, der seitlich des Leibwächters an der Wand stand, „Frank Hauptmann, von Beruf Bodyguard, und Harnach, mein Chef."

Hauptmann stand auf. Die Männer gaben sich die Hand, was ohne schmerzhafte Folgen für Harnach blieb.

„Der Vertrag liegt da", sagte der Kleine und deutete auf den Schreibtisch, hinter den Harnach gerade trat.

„Sie sind nicht gerade billig", bemerkte Harnach, nachdem er das Schriftstück überflogen hatte.

„Ich biete Ihnen dafür aber auch ein umfassendes Sicherheitspaket."

„Und das heißt?"

„Ein Sicherheitskonzept, das Ihnen das kleinstmögliche Risiko bei größtmöglicher Bewegungsfreiheit garantiert."

Harnach horchte auf: „Wie soll ich das verstehen?"

Der Leibwächter lächelte: „Natürlich sollten sie alle Aktivitäten mit mir absprechen.

Oder haben Sie geglaubt", fügte er liebenswürdig hinzu, „dass ich einfach nur so neben Ihnen herlaufe?"

„Das sind ja schöne Aussichten", konstatierte Harnach wenig begeistert.

„Herr Harnach", belehrte ihn nun der Leibwächter eindringlich, „es ist auf Sie geschossen worden. Und wir wollen doch, dass wir am Leben bleiben, Sie und ich."

„Aber einen guten Freund werde ich doch noch besuchen dürfen", entgegnete Harnach mürrisch.

„Der gute Freund hat rötlich schimmernde schwarze Haare, eine aufregende Figur und bereitet Herrn Harnach schlaflose Nächte", bemerkte der Kleine lachend.

„Ich werde Sie nicht überallhin begleiten", sagte der Leibwächter lächelnd, „ich werde Sie nur, wo immer Sie auch sind, vor bösen Überraschungen schützen."

Es zeigte sich, dass Hauptmann Harnach nicht nur Geld, sondern an diesem Tag auch Zeit kostete. Er ließ sich bis ins kleinste Detail über alles berichten, was mit dem Fall zu tun hatte, von den Krakeelern auf der Versammlung über die tote Katze bis hin zu dem dunklen Volvo, dessen Fahrer oder Beifahrer auf Harnach geschossen hatte. Dabei machte er sich auf einem kleinen Block Notizen.

Anschließend statteten sie zu dritt tatsächlich einem alten Freund einen Besuch ab. Die Szene war filmreif. Hauptmann parkte seinen Mercedes halb auf dem Bürgersteig im Parkverbot, sie stiegen aus und schlugen die Türen zu, ohne abzuschließen. Lorenzos Leibwächter bauten sich in der Eingangstür auf und versperrten ihnen den Weg, bis man Stimme ihres Chefs hörte: „Lasst sie herein."

Sie folgten den Leibwächtern in Lorenzos Büro, und Harnach legte eine kleine Papiertüte vor Lorenzo auf den Schreibtisch. Sie enthielt die Kugeln aus den Sitzpolstern von Harnachs Wagen.

„Ich möchte Ihnen nur Ihr Eigentum zurückgeben."

Lorenzo nahm die Kugeln aus der Tüte. Seine Leibwächter standen seitlich hinter ihm und behielten die Besucher im Auge.

„Danke", sagte Lorenzo und lächelte leise. Alle

schwiegen. Dann fragte Lorenzo: „Nun. Kann ich Ihnen sonst noch irgendwie helfen?" Sein Tonfall war herablassend. Die ungebetenen Gäste waren ihm lästig, aber gleichzeitig viel zu unbedeutend, als dass man sich über sie ärgern konnte. Harnach war es in diesem Moment klar, dass sich Lorenzo auf gar keinen Fall aus der Reserve locken lassen würde.

„Nein, das wär's für heute", antwortete er und lächelte vieldeutig, so als ob er noch einen Trumpf in der Hinterhand hätte. Dabei blieb ihnen nichts anderes übrig, als einmal mehr unverrichteter Dinge abzuziehen.

„Meine Herren", sagte Lorenzo ernst und ruhig, als Harnach, der den beiden anderen voranging, bereits in der Tür stand, „Ihr Auftritt hat mich sehr beeindruckt."

4

„Er irritiert mich", sagte Vera und blickte verstohlen zu Hauptmann, der im Café Mozambique zwei Tische weiter saß.

„Ich glaube, dass er sehr gut ist", entgegnete Harnach entschuldigend, „hast du etwas über Lorenzo herausgefunden?"

„Habe ich", antwortete Vera. „Zunächst einmal ist er Portugiese und kein Italiener." Ihr Lächeln unterstrich, dass sie sich über seine Angst vor der Mafia lustig machte. „Im Übrigen scheint er tatsächlich ein unangenehmer Zeitgenosse zu sein. Er hat in den letzten Jahren in Osnabrück sein Unwesen getrieben. Ein Makler hat ihn angezeigt, nachdem er zusammengeschlagen worden war. Er hat ausgesagt, Lorenzos Leute seien die Schläger gewesen. Ob noch andere Opfer Lorenzos wurden, aber nicht den Mut hatten, ihn anzuzeigen, kann ich nicht sagen. Jedenfalls ist Lorenzo aus Mangel an Beweisen nicht verurteilt worden. Aber dieser Makler hat sich - wie du - einen Leibwächter genommen und die Geschichte an die große Glocke gehängt. Es hat dort in allen Zeitungen gestanden. Lorenzo hat dann aufgegeben. Ich nehme an, ihm sind die Kunden abgesprungen."

„Ich kann das nicht machen", warf Harnach ein.

„Was?"

„Ich kann die Geschichte nicht an die Öffentlichkeit bringen, weil die Leute nicht differenzieren. Niemand würde danach fragen, wer wen terrorisiert hat. Das heißt: Mein Ruf wäre anschließend ebenso ruiniert wie seiner."

„Aber irgendwas musst du doch tun."

Harnach nickte. „Er ist jedenfalls keiner, der blufft und herumkläfft, ohne dass er jemals beißen würde. Er ist ruhig und beinahe höflich. Wie jemand, der zu mächtig ist, als dass er wilde Drohungen ausstoßen müsste. Aber vielleicht ist gerade das der Bluff. Und außerdem habe ich ja ihn." Harnach deutete auf den Leibwächter.

„Ich wünsche dir jedenfalls das Beste", sagte Vera. Sie blieb ganz offensichtlich skeptisch, der Leibwächter schien für sie nicht die Patentlösung zu sein.

„Vielen Dank", sagte Harnach, „ auch für deine Hilfe."

„Gern geschehen" erwiderte sie lächelnd.

Was für eine wundervolle Frau sie war. All die lächerlichen Filmdiven konnte man doch ebenso vergessen wie die überbezahlten fleischlosen kleinen Gören, die allerorts über die Laufstege stelzten. Was waren sie gegen Vera? Nichts. Man konnte sie in der Pfeife rauchen. Nie hatte er eine Frau stärker begehrt als sie. Ihre Wangen, ihre Schultern, Arme und Beine, jede beliebige Stelle ihres Körpers nur sanft zu berühren, würde für ihn das himmlischste Glück bedeuteten. Jetzt saß er neben ihr – und was tat er? Er sprach mit ihr endlos über eine lächerliche Al-Capone-Karikatur wie Lorenzo. Ließ er sich wirklich von dem den Wind aus den Segeln nehmen? Er schüttelte innerlich den Kopf. So konnte es nicht weitergehen.

„Eine genehmige ich mir, wenn ich darf", sagte er, nahm sich eine von ihren Zigaretten, zündete sie an, lehnte sich entspannt zurück und fragte aufgeräumt. „Und was machen wir zwei jetzt mit dem angebrochenen Abend?"

„Was heißt hier *zwei*?"

Er lachte. „Wir könnten doch wieder einmal tanzen gehen, mit oder ohne ihn."

„Es ist schon spät", sagte sie zweifelnd, und er machte keine Versuche, sie zu überreden. Aber er bestand darauf, dass sie ihn, nachdem sie ihn schon abgeholt hatte, auch nach Hause fuhr. Ihren dezenten Hinweis darauf, dass eine Fahrt mit dem Leibwächter die pragmatischere Lösung sei, hatte er geflissentlich überhört.

Sie schaltete den Motor nicht ab, als sie vor seinem Haus hielt.

Dennoch fragte er sie: „Willst du nicht noch mit nach oben kommen?"

Sie lächelte nur müde und schüttelte den Kopf.

„Natürlich", sagte er schnell, schaute sie mit einem Blick an, der ihr nicht gefiel, und stieg aus.

„Gute Nacht", sagte sie.

„Bis dann", entgegnete er und schlug die Tür zu.

Sie fuhr nach Hause. Sie war wirklich müde, und fuhr aus alter Gewohnheit am Gabelpunkt links ab. So musste sie durch die Stadt fahren, um zu ihrer Wohnung am Hahnerberg zu gelangen. Auch zu dieser Stunde waren die Ampeln noch nicht ausgeschaltet, und jede grüne Welle reichte wie immer nur bis zur nächsten Ampel. Dennoch war sie keine zwölf Minuten, nachdem sie Harnach abgesetzt hatte, vor ihrem Haus.

Sie schloss die Haustür auf und stieg die Treppen hinauf bis zum dritten Stock. Als sie den Schlüssel ins Schloss ihrer Wohnungstür stecken wollte, bemerkte sie ihn. Er saß im Halbdunkeln auf der Treppe zum vierten Stock. Er musste schnell gewesen sein.

„Meinst du nicht, dass du deine Anhänglichkeit manchmal ein bisschen übertreibst."

„Du hast recht, es ist ganz schrecklich mit mir."

Sie ließ sich auf seinen Ton nicht ein. „Was willst du?" fragte sie kühl.

Harnach grinste sie an. Dann stand er auf. Was für eine Frage!

„Du weißt genau, dass ich das nicht mag, diese One-Night-Stands."

Was sollte das? Warum sprach sie mit ihm wie mit einem Vollidioten?

„Warum lügst du mich an?" fragte er leise und eindringlich, „du weißt doch genau, dass das nicht wahr ist. Das sind doch alles Klischeevorstellungen, Vorurteile, Schwachsinn. Du hast recht. Ich will dich. Ich will deine Lippen küssen, dich streicheln, deinen Körper spüren und mit dir schlafen. Es stimmt: Ich begehre dich über alle Maßen, aber doch weil ich dich liebe."

Sie schaute ihn an, und er las nichts in ihrem Gesicht.

„Komm rein", sagte sie.

Ihre Wohnung war klein. Sie bestand aus einem Wohn- und einem Schlafzimmer sowie einem Bad. Etwas störte ihn, was er bei seinem ersten Besuch in seiner Erregung nicht wahrgenommen hatte. Auch jetzt konnte er nicht genau sagen, was es war. Vielleicht lag es daran, dass sie für die Wohnung einer Frau sehr kalt und funktional eingerichtet war.

Vera brachte ihm ein Handtuch.

„Wenn du dich duschen möchtest."

Er blieb länger als nötig unter der Dusche, die ihn mit ihrer Wärme wohlig umschloss. Schließlich riss er sich los und duschte sich noch einmal eiskalt ab, eine Maßnahme, auf deren aufputschende Wirkung er vertraute.

Vera lag im Bett. Als Harnach die Decke zurückschlug und ihren nackten Körper sah, da sagte er sich, dass ihm jetzt das größte Glück auf Erden geschenkt wurde. Er küsste ihre Wangen, ihren Hals und ihre zarten und zugleich festen Brüste, aber ihn störte die Musik, die sie aufgelegt hatte. Sie war nicht zu laut, aber sie drang ihm ins Hirn und machte sich dort rücksichtslos breit.

Es dauerte einige Zeit, bis Vera aktiv wurde. Sie fuhr ihm, von seinem Handrücken ausgehend, mit ihren Fingerspitzen langsam den linken Arm hinauf und über Schulter, Brust und Bauch wieder hinunter zu seinem Glied.

Obwohl er sich kontrolliert fühlte, empfand er ihre Berührungen als unbeschreiblich schönes Gefühl reinster Zärtlichkeit - ganz gleich, ob sie ihm über Arm, Schulter oder Geschlechtsteile strich. Sonst spürte er nichts.

Er verharrte regungslos in der Einsamkeit seiner Empfindungen, dann raffte er sich plötzlich auf und versuchte, sich durch gierige Küsse in Stimmung zu bringen, aber sie verweigerte ihm ihren Mund.

Es wäre für ihn die Erlösung gewesen, wenn sie ihm gesagt hätte, dass es auch schön sei, einfach so neben ihm zu liegen, aber sie schwieg.

„Sei mir nicht böse, aber ich möchte allein schlafen", sagte sie schließlich.

„Ich verstehe", sagte er. Also war ihm auch die Chance des nächsten Morgen genommen.

Er erhob sich und ging zu dem kleinen Tisch, auf dem Veras Handtasche stand.

Sie sah ihm dabei zu, wie er sie öffnete und nach kurzem Suchen Zigaretten und Feuerzeug herausfischte.

„Du auch?" fragte er.

Vera nickte.

Er zündete beide Zigaretten an, gab Vera eine und setzte sich wieder aufs Bett.

Sie rauchten, und er legte seine Hand auf ihren Oberarm, drückte ihn und machte dabei ein Gesicht, als wolle er ihr aus irgendeinem Grund sein Beileid ausdrücken. Am liebsten hätte er sich bei ihr entschuldigt, aber es fehlten ihm die passenden Worte.

„Du musst deine Probleme lösen", sagte Vera.

Er schaute sie an.

„Ich weiß." Er würde Lorenzo umbringen. So einfach war das.

„Hast du übrigens am Sonntag Zeit?" fragte sie und lächelte.

Harnach nickte.

„Ich würde gerne die schönen Herbsttage nutzen und spazierengehen - mit dir, aber ohne ihn."

„Wann soll ich dich abholen?" fragte er. Sein Wagen würde am Sonntag repariert sein.

„Um zwei?"

„Mach ich." Harnach stand auf und zog sich an. Dann ging er zum Tisch und öffnete noch einmal Veras Handtasche.

„Darf ich?"

„Natürlich."

Er nahm sich noch eine Zigarette für den Heimweg.

„Gute Nacht", sagte sie.

„Gute Nacht, schlaf gut." Dann verließ er ihre Wohnung.

Langsam und nachdenklich stieg er die Treppen hinunter. Als er aus dem Haus trat, sah er den Wagen. Hauptmann hatte gewartet. Beim Einsteigen fiel Harnach auf, dass ein Buch auf dem Beifahrersitz lag. Es waren die Dramen Shakespeares. Aber auch wenn sich Hauptmann die Zeit mit Lesen verkürzt hat, dachte Harnach, hat er den Hauseingang immer im Blick behalten, und es ist ihm nichts entgangen. Er vertraute seinem Leibwächter, der ihn nun genauso wieder nach Hause fuhr, wie er ihn vorhin zu ihr gebracht hatte.

Die Frau aber, deren Zigarette Harnach während der Fahrt rauchte, saß zur selben Zeit von Weinkrämpfen geschüttelt in ihrem Bett. Sie war in ihrer Wut auf ihn zu weit gegangen. Sie entschuldigte und beruhigte sich schließlich bei dem Gedanken, dass sie von Anfang an gespürt hatte, dass alles so kommen würde, wie es dann auch tatsächlich gekommen war.

5

Am folgenden Tag erhielt Harnach ein Paket von Iris - oder besser gesagt: ein Paket, auf dem als Absender Iris' Adresse angegeben war. Sie waren nach dem Anschlag auf Harnach sehr vorsichtig geworden. Schon Hauptmann, der sich im Flur von Harnachs Büro aufgehalten und das Paket entgegengenommen hatte, war skeptisch, obwohl er es dann doch in Harnachs Büro brachte und auf dessen Schreibtisch legte.

Zu dritt umstanden sie es unschlüssig.

„Was meinen Sie?" fragte Harnach zögernd.

„Man könnte es untersuchen lassen, es gibt da entsprechende Stellen und Möglichkeiten", entgegnete

Hauptmann, der hier offensichtlich auch nicht weiterwusste.

Der Kleine schaute die beiden anderen mit einem spöttischen Lächeln an. Weicheier.

Dann nahm er eine Schere, durchschnitt die Kordel und öffnete das Paket. Ganz oben lag ein Schlafanzug, bei dessen Anblick sich Hauptmann mit dem Hinweis, man brauche ihn im Moment wohl nicht mehr, dezent in den Vorraum zurückzog. Es war schließlich keine Bombe hochgegangen.

Neugierig machte sich der Kleine daran, das übrige auszuräumen. Zum Vorschein kam eine säuberlich verpackte Zahnbürste, die wie der Schlafanzug Harnach gehörte, Schmuck und zwei Paar Stöckelschuhe, deren lange spitze Absätze schon einen kurzen Spaziergang zur Tortur gemacht hätten.

„Alles Dinge, die du ihr geschenkt hast?"

Harnach nickte.

„Lüstling."

Dann vergewisserte sich der Kleine, dass das Paket nun völlig leer war.

„Kein Brief, keine Nachricht, nichts", konstatierte er.

„Das geht mir völlig am Arsch vorbei", erklärte Harnach, der erst gar keine Missverständnisse aufkommen lassen wollte und dessen markige Worte die frühere Verunsicherung, die ihn angesichts des Pakets befallen hatte, vergessen ließen.

„Sie hätte mich wenigstens grüßen können", sagte der

Kleine und breitete verständnislos die Arme aus.

„Armes Kind", entgegnete Harnach lachend und nahm wieder an seinem Schreibtisch Platz, auf dem die Dinge, die er einst Iris geschenkt und nun zurückerhalten hatte, noch eine Zeitlang stehen blieben, da keine Kunden erwartet wurden und niemand dafür Verwendung hatte.

Harnach dachte nicht lange über Iris nach. Wer war Iris? Wen interessierte sie? Die Katastrophe, die wirkliche Katastrophe bei der Geschichte mit Vera war, dass er sein Urteilsvermögen vollständig verloren hatte. Wer trug die Schuld daran, dass letztendlich überhaupt nichts klappte? Lag es an ihm? War er der lächerliche Trottel, der bis zum Hänger alles, aber auch wirklich alles verbockte? War er damit nicht nur ein Tölpel, sondern auch ein erbärmlicher Feigling, weil er immer nur dann entspannt und souverän auftreten konnte, wenn ihm die Frau im Grunde genommen scheißegal war, während er vor einer Frau wie Vera schlicht und ergreifend Angst hatte?

Oder konnte er dieses Spiel gar nicht gewinnen, weil er sie liebte und sie ihn nicht. Ja, er liebte sie, soviel wusste er, aber trotzdem wäre er glücklich gewesen, wenn er sich guten Gewissens hätte sagen können: Sie mag dich nicht. Sie ist kalt und frigide und will einfach nicht. Die fährt einfach nicht auf dich ab. Wenn er das wirklich wüsste, wie leicht wäre dann alles. Es gäbe dann überhaupt keine Frage: Schluss! Aus! Ende! Auch andere Mütter haben schöne Töchter. Er ließ doch nicht mit sich spielen.

Aber konnte er das sagen? Warum hing sie dann ständig

mit ihm zusammen, wenn sie keine weitergehenden Interessen verfolgte. Er war kein Langweiler, trotzdem war sein Unterhaltungswert durchaus begrenzt. Er konnte keine witzigen Anekdoten erzählen, bei denen sich die ganze Runde vor Lachen bog. Auch war er kein Zuhörer und Seelentröster wie der Kleine. Also was wollte sie? Natürlich hielt er die Geschichte mit dem Multiple-Choice-Test für absoluten Unsinn, aber im Grunde genommen hatte der Kleine recht. Es gab etwas an ihm, was sie anzog, und es musste auch etwas geben, was sie abstieß. Sie war sich nicht sicher und wollte endlich Gewissheit. Sie wollte in ihn dringen, seinen Kern aufbrechen, das Innere nach Außen wenden, um endlich zu wissen, ob er der Mensch war, den sie lieben konnte und wollte.

‚Du bist verrückt', sagte er sich, aber er ließ sich von Hauptmann nach Barmen zum Sedansberg fahren, wo er die Galerie 86 allein betrat. Es war bereits später Nachmittag und er traf den Maler an, was ihm unangenehm war. Stolze stand neben einem seiner beiden Mädchen hinter einem Schreibtisch, der bei der Vernissage noch nicht dort gestanden hatte. Sie waren beide mit irgendwelchen Papieren, Listen, Rechnungen oder was auch immer beschäftigt.

Gleichzeitig blickten sie ihn an.

„Was wollen Sie denn hier?" fragte der Maler kalt und abweisend, während die junge Dame Harnach mit professioneller Freundlichkeit begrüßte.

Der Maler schien die Diskrepanz zu bemerken und lachte. „Natürlich, Harnach, der Begleiter der hübschen Journalistin, seien Sie herzlich willkommen. Und entschuldigen Sie bitte meine unhöfliche Begrüßung, aber sie" – und er deutete lächelnd auf seine Freundin –

„ärgert mich heute schon den ganzen Tag."

„Glauben Sie ihm kein Wort", sagte die Kleine lachend.

„Womit können wir Ihnen dienen?"

„*Die Ankunft* hat mir sehr gut gefallen", sagte Harnach und deutete auf das Bild, das Vera so beeindruckt hatte und immer noch an seinem alten Platz hing.

Die junge Frau wollte etwas sagen, aber Stolze legte ihr die Hand auf die Schulter.

„22.000, Harnach", sagte er mit schneidender Stimme, „keinen Cent weniger. Qualität hat ihren Preis."

Harnach schüttelte lachend den Kopf. „Echt nicht, Stolze. Ich dachte an vielleicht – 10.000."

Stolze stand fassungslos mit offenem Mund da. Dann drehte er sich, ohne den Mund zu schließen, zu seiner Freundin, neigte sich ein Stück zu ihr hinab, streckte den rechten Arm aus und zeigte mit dem Zeigefinger auf Harnach.

„Ich wusste, wieso ich ihn unfreundlich begrüßen musste. 10.000 sind kein Witz. Darüber kann man nicht lachen, das ist nicht lustig. 10.000 sind eine Beleidigung. Das ist unverschämt." Dann richtete er sich auf, wandte sich wieder zu Harnach und sprach ohne künstliche Empörung weiter.

„Ich erzähle Ihnen etwas, Harnach. Ich habe *Die Ankunft* am Morgen nach der Vernissage für 21.500 an einen hohen Ministerialbeamten verkauft. 500 musste ich ihm nachlassen, weil er sonst ganz unglücklich gewesen wäre und vor seiner Frau das Gesicht verloren hätte. Sie hätte ihn sonst verachtet, obwohl er doch so kunstsinnig ist.

Sie kommen also zu spät, Harnach."

„Leider haben wir den Punkt noch nicht angebracht", entschuldigte sich die junge Frau, „aber vielleicht möchten Sie eines der anderen Bilder erwerben."

Harnach schüttelte den Kopf.

„Das habe ich mir gedacht", sagte der Maler, „es ist *Die Ankunft*, die hübsche Journalistinnen anschmiegsam und zärtlich machen würde wie kleine Kätzchen."

„Sie kennen sich ja sehr gut aus."

Der Maler grinste. „Natürlich kenne ich mich aus."

„Dann wünsche ich Ihnen noch einen schönen Abend", sagte Harnach und wandte sich zum Gehen.

„Wir ihnen auch", entgegnete der Maler und seine Freundin gleichzeitig.

„Harnach", rief der Maler, als Harnach gerade durch die Tür gehen wollte. Er zeigte wieder mit ausgestrecktem Arm und dem rechten Zeigefinger auf den Besucher und sprach im strengen Ton. „Machen Sie nie wieder Geschäfte nach der Zeit."

Dann wandte er sich zu dem Mädchen. „Hast du gesehen, wie er geschaut hat?"

Dann prustete er los vor Lachen und küsste sie schließlich auf die Wange.

Harnach beachteten die beiden nicht mehr, sondern ging nach unten und verließ die Galerie.

6

Harnach war im Nachhinein heilfroh darüber, dass er das Gemälde nicht hatte kaufen können – und zwar aus einem ganz einfachen Grund: Er war im Moment nicht liquide. Er kam nicht umhin, heute zu Wollweber zu fahren und mit ihm über die ausstehenden Zahlungen zu sprechen. Dabei waren die Probleme diesmal wirklich nicht auf seinem Mist gewachsen. Meißen war schuld. Die erste Zahlung war pünktlich eingegangen, die zweite jedoch längst überfällig. Selbstverständlich hatte Harnach sich und Meißen Zeit gelassen, aber jetzt rief er an.

„Ich habe die Überweisung doch schon vor einer Woche veranlasst", erklärte Dr. Gerhard. Die müsste doch längst bei Ihnen eingegangen sein" Er klang aufrichtig besorgt und verwundert. „Aber es ist natürlich so eine Sache mit unserer internen Bürokratie. Bei uns muss immer alles von tausend Stellen abgesegnet werden. Und das dauert natürlich. Wissen Sie, Harnach, wir sind leider Gottes immer noch in gewisser Weise eine Behörde. Was glauben Sie, wie oft wir viel zu langsam reagieren?"

Von Dr. Gerhard derart ins Vertrauen gezogen, konnte Harnach gar nicht anders als sich dafür zu entschuldigen, dass er ihn überhaupt behelligt hatte.

„Nein, ganz im Gegenteil", widersprach Dr. Gerhard freundlich, „es ist gut, dass sie sich melden. Sie müssen ja schließlich auch ihre Leute bezahlen."

„Dann herzlichen Dank", sagte Harnach und wünschte Dr. Gerhard noch einen schönen Tag.

„Einen Moment", rief der Kleine und starrte auf seinen Bildschirm. „Ja, er hat recht. Es ist heute eine Zahlung von Meißen eingegangen."

Harnach war erleichtert und ließ sich von Hauptmann zur Bank fahren, da er nicht mit Versprechungen, sondern mit einem Scheck bei Wollweber erscheinen wollte. Er musste allerdings feststellen, dass Meißen nur einen Teil des ausstehenden Geldes überwiesen hatte, so dass Harnach seinerseits Wollweber nicht vollständig auszahlen konnte. Er fragte sich, ob es nicht irgendwo eine undichte Stelle gab. Wussten sie bei Meißen, dass er immer noch unter Druck stand?

Sie fuhren zur Baustelle, und Harnach war klar, dass er nun all sein schauspielerisches Können aufbieten musste. Mit strahlendem Siegerlächeln ging er auf Wollweber und seine Männer zu. Endlich war er da, der lang ersehnte Retter. Er begrüßte Wollweber jovial, legte ein verschmitztes *Na, was habe ich gesagt?* in seine Miene und zückte ohne große Worte den Scheck.

Wollweber zeigte sich nicht im Geringsten beeindruckt und nahm den Scheck skeptisch entgegen. „Und der Rest?" fragte er.

„Meißen", klärte Harnach Wollweber freundlich auf, „ist eine Behörde. Die zahlen verlässlich, aber bis dort alles seinen Instanzenweg genommen hat, dauert es eben seine Zeit."

„Ach so", sagte Wollweber, und es klang noch skeptischer als zuvor.

„Meißen ist Meißen und keine Mafia-Firma, es gibt Verträge, und wir haben den Zeitrahmen penibel eingehalten. Die werden schon zahlen."

Wollweber nickte. „Wir werden ja sehen." Er war keineswegs überzeugt.

7

Am Sonntag bereitete es Harnach keine Schwierigkeiten, seinen Leibwächter loszuwerden. Sie fuhren in Harnachs BMW, der wieder repariert war, zum Tanken. „Mach du das bitte", sagte Harnach, nachdem der Tank gefüllt war, und gab Hauptmann einen Hunderteuroschein.

Als Hauptmann an der Kasse stand, fuhr Harnach los. So einfach war das. Er sah, wie ihm der Tankwart und Hauptmann verblüfft nachschauten, und war stolz wie ein pfiffiger Schüler, der seinen Lehrer gerade auf besonders clevere Weise übertölpelt hatte.

Pünktlich um vierzehn Uhr hielt er vor ihrem Haus.

Er stieg aus, blickte nach oben und sah sie am offenen Fenster stehen. „Ich komme", rief sie und trat wenige Augenblicke später aus der Tür. Sie begrüßten sich freundlich und stiegen in den Wagen.

„Fahren wir ins Felderbachtal?" fragte sie, während sie sich angurtete.

Er war einverstanden, denn das nördlich der Stadt gelegene Felderbachtal, das zwischen meist bewaldeten, teilweise steil ansteigenden Hügeln lag, war ein ausgesprochen hübsches Fleckchen Erde, das man hier zwischen den Industriestädten Essen, Bochum und Wuppertal eigentlich gar nicht vermutet hätte.

Sie kamen in einen Ort mit dem schönen Namen Elfringhausen, der sich als Ansammlung weit verstreuter einzelner Häuser über das ganze Tal erstreckte.

Sie fuhren nicht auf den großen öffentlichen Parkplatz,

sondern parkten auf einer Wiese am Waldrand links neben dem einzigen Wagen, der dort abgestellt war.

Durch die Bäume konnten sie die Umrisse eines einzelnen Hauses erkennen, das vielleicht vierhundert Meter von der Wiese entfernt abseits der Straße in einer Talmulde stand.

Vera schlug den Weg ein, der von dem Haus wegführte.

Sie sprachen wenig und wenn, dann nur über Belanglosigkeiten. Einmal, als sie auf einer Anhöhe standen und den schönen Blick auf den bunten Herbstwald genossen, legte er seinen Arm um ihre Taille. Vielleicht eine Minute verharrten sie so. Dann gingen sie weiter.

Nach gut anderthalb Stunden näherten sie sich wieder dem Ausgangspunkt ihrer Wanderung und gelangten zu drei nebeneinander liegenden Teichen, an die sich das Haus anschloss, das sie schon vom Parkplatz aus in Umrissen gesehen hatten. Es war ein großes, prächtiges, fast schon herrschaftliches Haus, das ganz im Stil dieses Landstriches mit leuchtend weißen Fensterrahmen und grünen Fensterläden versehen und mit schwarzem Schiefer verkleidet war. Zwischen den Teichen und hinter dem Haus waren Wiesen, und dahinter begann der Wald, der sich über einen steilen Hang erstreckte, so dass es aussah wie im Gebirge.

Am hinteren Ufer des mittleren Teiches stand eine blütenweiße Bank, das i-Tüpfelchen auf einem Bild der vollendeten Harmonie und des tiefsten Friedens.

Glücklich der, der hier in idyllischer Abgeschiedenheit leben durfte.

An diesem Ort nahm Harnach Veras Hand. So gingen sie

Hand in Hand an dem schönen Haus vorbei in Richtung Parkplatz.

Sie sahen den Wagen schon von weitem. Er stand nun als einziger auf der Wiese.

Er explodierte, als sie sich ihm auf knapp hundert Meter genähert hatten. Instinktiv warf Harnach Vera zu Boden und sich auf sie, aber es passierte nichts mehr. Nur der Wagen brannte. Vorsichtig erhob sich Harnach wieder und half dann Vera auf.

Er starrte auf das Wrack, das langsam ausbrannte. „Ich mach ihn fertig, das verspreche ich dir", sagte er mit gepresster Stimme und klang zu allem entschlossen. Plötzlich aber begann er zu zittern, immer stärker, bis schließlich hörbar seine Zähne klapperten.

Vera rüttelte ihn mit aller Kraft: „Du machst niemanden fertig. Weißt du, was du machst: Du gehst zur Polizei."

Er sah sie entgeistert an, als hätte sie ihn aus irgendwelchen Träumen gerissen.

„Du musst jetzt zur Polizei gehen."

Harnach erwiderte nichts. Noch einmal schauten sie auf das, was von dem Wagen übriggeblieben war. Dann gingen sie den Weg, den sie gerade gekommen waren, zurück. In dem schönen, großen Haus regte sich nichts. Kein Fenster war geöffnet worden. Niemand war vor die Tür getreten. Die Bewohner waren entweder nicht zu Hause, oder sie bemerkten nicht, was draußen vor sich ging.

Wenig später erreichten Harnach und Vera die Bushaltestelle. Sie hatten Glück im Unglück, denn der Bus, der hier selten fuhr, kam keine zwanzig Minuten später.

Sie setzten sich auf die hintere Bank. Es gelang Harnach, seine Gedanken wieder zu ordnen, aber er sah keinen Ausweg. „Wenn die Sache mit dem Anschlag herauskommt", sagte er einmal mehr, „ist mein Ruf ruiniert. Dann springt mir Meißen ab, und ich kann einpacken. Wir müssen eine andere Lösung finden." Aber was sollten sie tun?

8

Harnach war nicht überrascht. Er war schon in der Zentrale gewesen und hatte nicht damit gerechnet, dass es ausgerechnet in dieser Außenstelle besser wäre. Aber sie warteten jetzt bereits seit einer Stunde auf dem Ronsdorfer Polizeirevier.

In seiner Unruhe ging Harnach auf und ab, bis er schließlich am Fenster stehenblieb.

Er sah, wie ein Audi direkt vor dem Polizeirevier hielt. Ein Mann stieg aus, und Harnach erkannte ihn direkt. Es war derselbe Beamte, den er im Polizeipräsidium nach dem Weg gefragt hatte.

Der Beamte ging ins Haus, es dauerte allerdings weitere zehn Minuten, bis er mit einem Protokoll in der Hand den Raum betrat, in dem Vera und Harnach warteten.

Er grüßte freundlich und gab zuerst Vera und dann Harnach die Hand.

„Mein Name ist Arno Wolf, Mordkommission", sagte er, „es tut mir leid, dass Sie so lange warten mussten."

„Mordkommission?" fragte Harnach befremdet. „Und wieso kümmern Sie sich dann um Autodiebstähle?"

„Später", entgegnete Wolf beiläufig, „lassen sie zunächst

einmal mich die Fragen stellen."

Er trat neben den großen Stadtplan, der an der Wand hing, und deutete auf den Parkplatz oberhalb des Talsperrenwalds.

„Sie haben also hier geparkt?"

„Ja."

„Und wann?"

„Um halb drei."

Wolf blickte auf seine Uhr. Es war sieben Uhr.

„Wir waren um Viertel vor sechs hier", bemerkte Harnach.

Der Beamte nickte. „Wo sind sie dann genau hergegangen? Ich kenne mich da oben ziemlich gut aus, ich laufe da nämlich", fügte er hinzu und lächelte Vera an, die seinem Blick auswich und Harnach anschaute.

„Wir sind runter in die Gelpe", begann Harnach und zeichnete die Strecke mit dem Finger nach."

„Drei Uhr", sagte Wolf.

„Viertel nach drei", verbesserte Harnach. „Wir sind nicht den direkten Weg gegangen."

Wolf nickte. „Das ist nicht so steil und besser für die Knie."

„Dann hoch nach Cronenfeld."

„Vier Uhr."

„Viertel nach vier." Auch hier widersprach Harnach. „*Sie* laufen", stellte er klar, „wir gehen spazieren."

„In Ordnung."

„Dann mit dem Bus zum Freudenberg."

Wolf bereitete fragend die Arme aus.

„Keine Ahnung, wann der Bus kam, wirklich nicht."

„Haben Sie nicht auf den Fahrplan geschaut?"

„Wir hatten keine Eile."

Wolf nickte erneut zustimmend, und Harnach fuhr fort.

„Am Freudenberg sind wir umgestiegen und mit der 630 bis zur Holthauser Straße gefahren. Von dort aus sind es noch knapp zehn Minuten bis zum Parkplatz."

„Das kommt hin", erklärte Wolf, dann wandte er sich an Vera.

„Nur der Form halber: Sie können das bestätigen?"

„Ja, das kann ich bestätigen."

„Dann muss es so gewesen sein: Jemand klaut ihr Auto von dem Parkplatz am Talsperrenwald, fährt damit ins Felderbachtal und fackelt es da ab. Ja, schauen Sie nicht so! Jemand hat ein brennendes Auto gesehen. Deshalb sind wir dann auch gleich eingeschaltet worden. Wir waren doch heilfroh, dass niemand drin saß."

„Sind Sie sicher, dass es mein Auto war?"

Der Beamte nahm das Protokoll in die Hand und schaute nach.

„Wenn Sie einen dunkelblauen BMW mit der Nummer W - NH 234 haben."

„Das ist meiner", bestätigte Harnach, scheinbar verblüfft und niedergeschlagen.

„Aber verstehen Sie das?" rief Wolf plötzlich aus. „Da stiehlt einer einen Wagen und jagt ihn fünfzehn Kilometer weiter in die Luft."

„Eine gute Frage", entgegnete Harnach, und Vera zuckte hilflos mit den Achseln.

„Sie meinen, die Kids werden immer verrückter", sagte Wolf zu Harnach. Der hatte nichts dergleichen verlauten lassen, dennoch erschien es einen Moment lang, als hielte Wolf diese Vorstellung für überzeugend, dann aber gab er zu bedenken: „Aber das war Sprengstoff. Wo kriegen die den her?"

Auch auf diese Frage wussten Vera und Harnach keine Antwort, so dass sich Wolf ein letztes Mal an Harnach wandte.

„Sagen Sie, hat man sie bedroht?"

Harnach schüttelte den Kopf.

„Nein", bestätigte Vera resolut - zu resolut, wie es Harnach schien, denn woher sollte sie das so genau wissen. Der Blick, mit dem Wolf zunächst sie und dann ihn selbst ansah, beseitigte jeden Zweifel. Er glaubte ihnen kein Wort.

Aber das musste er auch nicht. Man hatte keinen Anschlag auf ihn verübt. Es war Diebstahl gewesen, und was ein paar Durchgeknallte dann mit seinem Wagen gemacht hatten, interessierte nur ihn und die Versicherung.

Harnach war jedoch klar, dass dies nur die jetzt auch polizeilich protokollierte offizielle Version war. Aber wie sollte er selbst mit dem fertig werden, was tatsächlich geschehen war?

Wolfs Angebot, sie mit dem Wagen nach Elberfeld mitzunehmen, lehnten sie freundlich ab. Dies hätte nur eine Fortsetzung des Verhörs an anderem Ort bedeutet.

Sie nahmen die 630, die direkt vor dem Polizeirevier hielt und zum Hahnerberg fuhr.

Im Bus saßen sie sich gegenüber. Er blickte sie an und sagte:

„Ich kann dir gar nicht sagen, wie leid es mir tut, dass du durch mich in Lebensgefahr gekommen bist."

„Du brauchst dir keine Vorwürfe zu machen", erwiderte Vera, und es klang kühl und beherrscht, „du hast mir immer offen und ehrlich gesagt, was passiert ist. Es war meine Entscheidung. Jeder ist für das verantwortlich, was er tut."

„Du bist sehr tapfer", sagte Harnach. Wenn sie wirklich Angst hatte, dann überspielte sie sie souverän.

Da sie auf den Anschlussbus eine Viertelstunde hätten warten müssen, gingen sie das letzte Stück zu Veras Wohnung zu Fuß.

„Ich glaube, nach all der Aufregung brauche ich jetzt ein wenig Ruhe", sagte sie, als sie vor ihrem Haus standen, und gab Harnach zum Abschied einen Kuss auf die Wange.

„Natürlich. Und vielen Dank noch einmal für deine Hilfe."

Sie entgegnete nichts, sondern lächelte nur, schloss die

Tür auf und trat ins Haus. Dann fiel die Tür wieder zu.

Harnach ging langsam zur nächsten Haltestelle. Nicht dass er auch nur im Entferntesten in der Stimmung gewesen wäre, die Scharte von letzter Woche auszuwetzen, aber er hätte Vera jetzt gebraucht.

Er fuhr mit der 625 zum Döppersberg und mit der 149 weiter nach Hause.

Dort fand er eine Nachricht von Hauptmann auf dem Anrufbeantworter vor. Er hatte die Telefonnummer hinterlassen, unter der er für Harnach immer zu erreichen war.

Gut, Hauptmann war ein Profi, aber Harnach hatte keine Lust ihn anzurufen. Er ging nach oben und wenig später zu Bett.

9

Das Schlimmste war, dass es Vera traf. Sie stürzte aus dem brennenden Haus und lief ihren Mördern direkt in die Arme. Sie hatten keine Gesichter, aber Zaunlatten und empfingen Vera mit brutalen Schlägen. Einer schlug mit etwas zu was, was Harnach nicht genau erkennen konnte. Es schien eine Fahrradkette zu sein. Sie versuchte, ihr Gesicht zu schützen, aber trotzdem traf er sie mit der Kette, so dass Harnach sah, wie sie blutete. Für einen Moment sah es so aus, als könne sie entfliehen. Sie hatte sich ihre Jacke zum Schutz über den Kopf gezogen und lief, sich vor den Schlägen duckend, so schnell sie konnte geradeaus. Dabei sah sie offensichtlich nicht, wohin sie lief. So prallte sie mit voller Wucht gegen einen abgestellten LKW und fiel wie vom Blitz getroffen zu Boden. Die Szene hatte überhaupt nichts Komisches, sie war entsetzlich. Vera lag nun auf dem Boden, die

Häscher umstanden sie, und die Schläge prasselten auf den leblosen Körper. Harnach wollte helfen, er wollte sie retten, aber so sehr er es auch versuchte, es gelang ihm nicht, sich vom Fleck zu rühren. Er sah den Kleinen, Wolf und Meinke. Sie standen nebeneinander, betrachten das blutige Schauspiel und lachten sich tot. Dann verschwammen die Figuren und auch die Übergänge zwischen Männlein und Weiblein waren fließend. Lorenzo plötzlich tauchte plötzlich auf als feiste Matrone mit Riesentitten und spielte mit seinen Schnurrbarthaaren. Aber was war Vera passiert? Lebte sie noch?

Er hatte keine Ahnung, wie spät es war, als er aufwachte. Draußen war es dunkel. Ihn plagten ständig Alpträume, aber noch nie hatte er sich danach so völlig einsam gefühlt wie jetzt. Er lag regungslos unter seiner Decke und ließ sich von seinen Gedanken treiben. Er schämte sich der skurrilen Folgen, die seine sexuelle Enthaltsamkeit im Traum gezeitigt hatte. Viel schlimmer aber war, dass er jegliche Kontrolle verloren hatte und an unsichtbaren Strippen hängend durchs Leben stolperte, genau wie die Leute, die er immer verachtet hatte. Er musste lächeln. Ja, es stimmte, er hatte jetzt einen neuen Namen. Er hieß Harnach, die Marionette, und Nobby, die Marionette, für seine Freunde. Welche Freunde, fragte er sich und lächelte erneut.

Er hatte oft gehört, wie irgendwelche Langweiler im Fernsehen und im richtigen Leben darüber geklagt hatten, dass wir alle, jeder einzelne, anonymen, gesichtslosen Mächten ausgesetzt seien, die uns daran hinderten, frei und selbstbestimmt zu leben. Die Zuhörer hatten in solchen Fällen ehrfürchtig gelauscht und andächtig genickt, aber für ihn waren das nur Schwafeleien studierter Wichtigtuer gewesen. Und er hatte seine Meinung nicht im Geringsten geändert. Es gab keine anonyme Macht, die an den Strippen zog und ihn bedrohte, sie hatte ein Gesicht, kein besonders unsympathisches übrigens, und eine Stimme, die, wie er sich einmal mehr sagen musste, sogar recht angenehm klang.

Nüchtern betrachtet war alles gar nicht so dramatisch. Lorenzo hatte einfach den Markt analysiert, auf dem Harnach eine immer stärkere Position einnahm, und folgerichtig festgestellt, dass sein Weg nach oben nur über Harnach führte. Wahrscheinlich saß Lorenzo auch schon bei Meißen in den Startlöchern.

Aber was sollte Harnach tun? Der Gedanke, der ihm im Augenblick der tiefsten Erniedrigung gekommen war, war schlicht absurd. Natürlich konnte er sich eine Knarre besorgen und Lorenzo einfach über den Haufen schießen. Aber er war 38 Jahre alt und, wenn er Glück hatte, lag noch nicht einmal die Hälfte seines Lebens hinter ihm. Sollte er den Rest einfach wegschmeißen nur wegen eines Arschlochs wie Lorenzo.

Er stand auf und war froh, dass er in seinem Portemonnaie genügend Münzen fand.

Er kleidete sich an und ging zu dem Automaten an der Nevigeser Straße, an dem er sich Zigaretten zog. Auf dem Rückweg rauchte er eine, auf der Terrasse hinter seinem Haus zündete er sich die nächste an. Die Idee, die ihm gekommen war, erschien ihm absurd und genial zugleich. Auch sie würde einen Griff ins oberste, ins alleroberste Regal bedeuten, aber sie war verführerisch. Er begeisterte sich geradezu daran, dann verwarf er sie wieder. Auf einmal sah er sich, wie er zusammengekrümmt zum Schutz vor der Kühle des frühen Herbstmorgens rauchend vor seinem Haus stand. Wahrscheinlich hatte er wieder mit sich selbst gesprochen. Er musste daran denken, wie er noch vor wenigen Wochen auf der Versammlung in der Realschule nahe dem Mirker Bahnhof aufgetreten war – souverän und überzeugend. Was für ein Schwächling er doch geworden war. Er betrachtete die Zigarettenschachtel. Vier oder fünf hatte er geraucht. Schluss damit. Er ging er ins Haus zurück. In der Küche nahm er die übrigen Zigaretten aus der Schachtel und köpfte sie. Die Filter stopfte er in die Schachtel zurück und warf sie in den Abfalleimer. Den Rest spülte er ins Klo.

Er schlief nur zwei Stunden. Dann wachte er erschlagen auf. Der Geschmack in seinem Mund war widerwärtig. Nie mehr, sagte er. Als er nach unten ging, war es sieben Uhr und noch niemand da. Er machte sich einen Kaffee, holte dann die Zeitung und begann sie, während er den Kaffee trank, mäßig interessiert durchzublättern. Im Lokalteil blickte er flüchtig auf ein Foto, auf dem mehrere Damen abgebildet waren. Er wollte schon weiterblättern, aber dann schaute er sich das Bild genauer an. Er überlegte einen Moment, aber es gab keinen Zweifel. Das war Ganterers Sekretärin. Sie trug ein dunkelblaues hochaufgeschlossenes Kleid, das ihr bis an die Knie reichte. Sie sah ganz anders aus, adrett, seriös, langweilig. Selbst ihre blonde Löwenmähne war zurechtgestutzt. Das einzig Auffällige an ihr waren die zwei Reihen goldener Knöpfe, die ihr Kleid zierten. Sie stand neben einer sehr schlanken, relativ kleinen Frau Mitte fünfzig mit kurzen blonden Haaren. Als er die Bildunterschrift las, stockte ihm der Atem. Die Damen des Rotary-Clubs hatten eine Wohltätigkeitsveranstaltung organisiert und spendeten nun 4800 Euro an irgendwen. Und nun folgten die Namen der Damen, die abgebildet waren, und er las, dass Manuela Schubert-Ganterer neben Angrit Gerhard stand. Harnach schrie, er brüllte, er nahm die Kaffeetasse und pfefferte sie mit aller Kraft auf den Boden. Das war einfach unglaublich, unvorstellbar. Er begann zu lachen. Da schickte er Iris, aufgetakelt bis zum Gehtnichtmehr zu Gerhard, weil er glaubte, der alte Sack würde sich gerne einen blasen lassen. Aber was tat Ganterer? Er verkleidete die Schlampe in seinem Vorzimmer als brave amerikanische Mami und warf sich über Gerhards Frau an Meißen ran. Und dabei konnte er Meißen auch stecken, dass er, Harnach, immer noch Schwierigkeiten mit Lorenzo hatte. Und deshalb floss die Kohle nicht mehr. Das war stark, einfach genial. Harnach musste schon wieder lachen, und lief wie wild durch das Haus. Er sah im Spiegel in der Diele einen offensichtlich Geistesgestörten, dessen Art zu lachen eindeutig zeigte, dass er längst jenseits von Gut und Böse war. Er blieb stehen. „Nein, nicht mit mir", sagte er zu dem Mann im Spiegel und schüttelte den Kopf. „Ich lasse mich nicht verarschen. Es reicht. Jetzt ist Schluss. Definitiv. Es gibt Verträge, und Meißen zahlt. Und wenn sie nicht zahlen, bekommen sie einen Prozess an den Hals. Und wenn es legal nicht geht, dann mäh ich sie alle nieder, Lorenzo, Gerhard, Ganterer. Aber zuerst Lorenzo, und ich weiß auch schon wie, und wenn ich dafür in den Knast gehe."

Harnach ging entschlossen zur Haustür. Als er sie gerade hinter sich zuschlagen wollte, hielt er inne, ging zurück in die Diele und nahm seine Schlüssel, die dort auf dem kleinen Schränkchen unter dem Spiegel lagen. Er ärgerte sich über sich selbst. Warum hatte er von sich das Unmögliche verlangt? Erst brachte er diese Sache zu Ende, dann startete einen neuen Versuch. Aber jetzt brauchte er Nachschub, weil er vor zwei Stunden knapp vier Euro im Abfluss versenkt hatte. Im Laufschritt ging es zum

Automaten. Er zog Zigaretten, riss die Packung auf, steckte sich eine in den Mund, zündete sie an - sein Feuerzeug hatte er glücklicherweise noch immer in der Tasche - und sog den Rauch tief ein. ‚Jetzt ruhig bleiben', sagte er sich, ‚logisch denken, sich jeden Schritt genau überlegen.'

Als die Meybaum kam, stand er in der Küche. Er rauchte und trank den Kaffee, den er sich in der Zwischenzeit wieder zubereitet hatte.

„Die Sauerei hier mache ich selber weg", sagte er.

„Aber was ist denn um Himmels willen passiert, Herr Harnach?" fragte die Meybaum entsetzt.

„Nichts", antwortete Harnach, „ich habe die Zeitung gelesen."

10

Um Viertel nach acht rief er seinen Anwalt an und konsultierte ihn wegen Meißen.

„Was jetzt geschäftlich klug oder unklug ist", bekam er zu hören, „müssen Sie selbst wissen. Aber juristisch – wegen einer Zahlungsverzögerung von ein paar Tagen klagen? Ich weiß nicht, was das bringen sollte. Und was sie da sonst noch vorhaben, davon kann ich Ihnen nur ganz dringend abraten. Wenn Sie jetzt die Arbeiten abbrechen, reagieren Sie völlig unangemessen und werden vertragsbrüchig. Und dann drücken *die* Ihnen eine Konventionalstrafe aufs Auge, die sich gewaschen hat. Ich würde an Ihrer Stelle ganz ruhig abwarten. Wenn sich dann in den nächsten vierzehn Tagen immer noch nichts tut oder die Schere zwischen gezahltem und einbehaltenem Geld viel größer wird, dann sollten wir uns die nächsten Schritte überlegen."

Harnach lachte bitter. „In vierzehn Tagen kann ich schon pleite sein."

„Wir werden sehen. Melden Sie sich wieder bei mir, wenn sich nichts tut."

Als Harnach ernüchtert auflegte, klopfte es an der Tür und Hauptmann trat ein.

„Das Ganze war doch ein bisschen albern, oder?", sagte er.

Harnach würdigte ihn zunächst keines Blickes. Dann entgegnete er kühl: „Herr Hauptmann, ich bezahle sie dafür, dass Sie sich zur Verfügung halten. Wenn ich sie brauche, und das ist in der Regel der Fall, dann begleiten Sie mich. Wann ich Sie aber brauche und wann nicht, entscheide nur ich. Ich hoffe, Sie haben mich verstanden."

Der Leibwächter hatte ihn verstanden.

„In Ordnung", erklärte er, „ich warte, wenn es Ihnen recht ist, im Vorraum."

„Tun Sie das."

Harnach war überrascht, dass sich Hauptmann ohne Widerrede fügte. Aber wahrscheinlich brauchte er einfach Geld und musste daher akzeptieren, dass Harnach die Spielregeln bestimmte.

Dann klingelte das Telefon. Vera war am Apparat und fragte ihn, wie es ihm gehe. Immerhin, dachte er, ein Lichtblick.

Vera wurde immer mehr zu seinem Halt. Sie trafen sich nun häufiger, was vielleicht auch daran lag, dass sich

Harnach verändert hatte. Er war zurückhaltender geworden und seine Zuneigung fand ihren Ausdruck nicht mehr in Begierde und Aufdringlichkeit. Von gelegentlichen Momenten der Unkonzentriertheit abgesehen, in denen er gedanklich völlig abwesend war und weder Vera noch seine übrige Umgebung wahrnahm, verhielt er sich charmant und galant. Er kaufte ihr Blumen und geleitete sie einmal, als es regnete, unter seinem Schirm zu ihrem Wagen - wie ein vollendeter Kavalier oder ein Diener. Noch immer fehlten ihrer Beziehung Zärtlichkeit und Sinnlichkeit, aber es schien, als bildeten sie, an Geschwister erinnernd, eine verschworene Einheit. Sie, nicht mehr der Kleine, war jetzt Harnachs Vertrauensperson.

Nicht dass sie im konkreten Sinne weiter gekommen wären. Sie beschwor ihn, irgendetwas zu tun, sich zu wehren, zu agieren, nicht nur zu reagieren - aber welche Lösung konnte sie ihm schon vorschlagen? Wie konnte sie ihm helfen?

Natürlich stand sie auf seiner Seite. Sie hatte einen wunderschönen Artikel geschrieben über den Bau der neuen Meißen-Fabrik, die vielen Arbeitsplätze, die geschaffen würden, den Hightech-Standort Wuppertal, und natürlich hatte sie auch nicht verschwiegen, von wem die Fabrik gebaut wurde. Aber was half das gegen Lorenzo?

Harnach fühlte sich sicherer, wenn ihn Hauptmann begleitete. Auch Vera hatte sich mittlerweile an ihn gewöhnt. Sie war es, die ihm in Café und Restaurant einige Male anbot, sich zu ihnen zu setzen, aber er lehnte immer freundlich ab: Er wolle die Privatsphäre Harnachs nicht mehr als unbedingt nötig verletzen. Er war eben Profi durch und durch.

Dennoch: Die Angst blieb. Harnach stand der Schweiß auf der Stirn, wenn er in dem Wagen, den er gemietet hatte, den Schlüssel ins Schloss steckte. Er schlief schlecht und befremdete durch seine Unkonzentriertheiten, die er nicht nur im Privatleben an den Tag legte und die ihm früher völlig fremd gewesen waren. Dass er des Abends in den Zimmern seiner Wohnung oder gar - was gefährlich genug war - auf der Terrasse hinter seinem Haus auf und ab ging und dabei mit lauter Stimme mit sich selbst sprach, war ihm mittlerweile schon zur Gewohnheit geworden. Manchmal ertappte er sich selbst dabei. Erschrocken und peinlich berührt durchforschte er dann mit Blicken seine Umgebung, um sich zu vergewissern, dass ihn auch niemand gehört oder gesehen hatte. Anschließend setzte er seinen Marsch schweigend fort, um dann, mit steigender Erregung, wieder in die alte Absonderlichkeit zu verfallen.

Fast immer ging es um Lorenzo. Er malte sich die unterschiedlichsten Szenen und Dialoge aus. Einmal sprach er mit Lorenzo, überzeugte ihn von der Unrechtmäßigkeit seines Handelns, so dass Lorenzo in sich ging, um Verzeihung bat und sie schließlich Freunde wurden. Lorenzo spielte dabei die Rolle eines strengen Vaters, der schließlich einsah, dass ein Mensch wie Harnach keine schlechte Behandlung verdient hatte.

Das andere Extrem waren Vorstellungen, bei denen er Lorenzo ermordete, den Mann, dem er nie etwas zuleide getan hatte und der doch alles zerstörte. Er hatte diese Mordphantasien häufig. Dabei war es nie damit getan, dass er Lorenzo auflauerte und einfach niederschoss. Der Hinrichtung ging immer eine eindringliche Belehrung des Delinquenten voraus, der dann auch seine Schuld einsah, aufrichtig Besserung gelobte und um Gnade winselte. Aber jetzt war es zu spät.

Mit anderen Worten: Harnach war am Ende. Es genügte nicht viel, um ihn völlig fertigzumachen.

Auch im Beruf verlor er seine Souveränität. Er rief ein weiteres Mal Dr. Gerhard an, um rückständige Zahlungen einzufordern. Harnach wurde im Laufe des Gesprächs geradezu barsch, Dr. Gerhard ließ sich jedoch dadurch nicht in seiner Freundlichkeit beirren, wobei er freilich sein Unverständnis, seine Verblüffung über Harnachs Reaktion durchscheinen ließ. Er zeigte sich nun seinerseits mit den bisher geleisteten Arbeiten nicht völlig zufrieden und sprach den einen oder anderen Mangel an. Harnach, der über den Stand der Bauarbeiten genauestens informiert war, rechtfertigte sich mit der leicht erregten Stimme des zu Unrecht Angeklagten etwas zu weitschweifig. Er spekulierte über die Gründe, die Dr. Gerhard zu seinem – falschen – Urteil geführt haben konnten, sprach sie an und warb dafür, sie im rechten Licht zu sehen, um schließlich zu dem Schluss zu gelangen, dass objektiv keinerlei Versäumnisse vorlagen.

„Schon gut", unterbrach ihn Dr. Gerhard mit einer Stimme, die sanft klang. „Bringen Sie das in Ordnung." Er wollte keine Ausflüchte, sondern Taten.

Damit war das Gespräch beendet.

„So ein Arschloch", schrie Harnach, „das ist die absolute, hinterhältige Diktatur. Höflich sind sie, diese Schleimer. Aber das einzige, was zählt, ist ihre Meinung. Dir hören sie doch gar nicht zu. Erklärungen interessieren sie nicht. Wie sie es sehen, das ist die Wirklichkeit. Was wirklich ist, ist ihnen scheißegal."

Harnach fehlten in seiner Erregung die Worte, aber der Kleine nickte. Er hatte ihn verstanden.

„Du, Harnach", sagte er nach einer kurzen Pause mit ernstem Gesichtsausdruck und ruhiger Stimme, „was hältst du davon, wenn ich die Verhandlungen mit Meißen übernehme?"

Harnach starrte ihn entgeistert an. „Von mir aus", sagte er schließlich. Es kotzte ihn alles an. Dann stand er auf und trat auf die Terrasse. Dort begannen sie wieder, unaufhörlich, endlose Monologe vor Lorenzo, vor Dr. Gerhard, von dessen Rhetorik er sich jetzt nicht mehr einwickeln ließ, und auch vor Vera, die er davon überzeugen musste, dass er ein zärtlicher und zugleich männlicher Liebhaber war, der ihr Erfüllung brachte, wenn sie ihm nur durch Verständnis, Zuneigung und Liebe die Möglichkeit gab, sich unbeschwert zu entfalten.

11

Als er an einem nasskalten Tag in der letzten Oktoberwoche zum Café Mozambique fuhr, wo er mit Vera verabredet war, sah er plötzlich im Rückspiegel eine dunkle Limousine. Dass sie ihm in der Nevigeser Straße folgte, musste nichts heißen. Am Briller Kreuz gab es die Möglichkeit, in Richtung Zentrum oder Autobahn abzubiegen, aber sie fuhr hinter ihm her die Briller Straße hinab. Spätestens als sie wie er links in die Ottenbrucher Straße einbog, da verfluchte er, dass er, um mit Vera allein zu sein, auf Hauptmanns Begleitung verzichtet hatte.

Er fuhr die Ottenbrucher Straße bis zur Abzweigung Grünewalder Berg hoch, dann ging es wieder steil hinunter. Als er unten an der Einmündung zur Luisenstraße halten musste, sah er im Rückspiegel, dass die dunkle Limousine verschwunden war.

Als ob ihn das beruhigt hätte.

„Du rauchst ja wieder", sagte Vera, als sie im Café Mozambique an seinen Tisch trat.

Er schwieg, und sie setzte sich.

„Ich bin verfolgt worden", sagte er wie beiläufig und fügte dann leise, aber mit gepresster Stimme hinzu: „Ich bringe ihn um."

Er klang ein wenig wie ein trotziger Junge, der ankündigte, es den Großen endlich einmal zu zeigen, und dabei dennoch, obwohl er die wüstesten Verwünschungen ausstieß, den Eindruck erweckte, als würde er jeden Moment losheulen.

Vera widersprach eindringlich: „Du - du bringst ihn um und wanderst dann in den Knast. Sehr klug." Sie hatte selbstverständlich leise gesprochen, leise und resolut.

Ihn durchzuckte einen Moment der Gedanke, wie sehr sie das *Du* und nicht etwa das Wort *umbringen* betont hatte, ein Gedanke, der ihn dann aber nicht weiter beschäftigte.

Die Kellnerin kam. Vera bestellte einen Milchkaffee, er seinen zweiten, den er wenig später schnell und gierig wie ein Süchtiger trank.

Immerhin drückte er die Zigarette, die er sich dazu angezündet hatte - es war seine dritte - nach wenigen Zügen angeekelt aus.

Vera begann, leichthin über dieses und jenes zu plaudern, er aber blieb in tiefes Grübeln versunken.

„Darf ich heute bei dir schlafen?", fragte er plötzlich.

„Ich möchte einfach nur neben dir liegen und dich spüren", fügte er hinzu, was unnötig war: Wer hätte schon in seiner Verfassung und nach dem, was vorgefallen war, mehr von ihm erwarten können?

Vera schaute an ihm vorbei, dann schüttelte sie den Kopf: „Das geht leider nicht. Ich muss morgen früh raus, und... ich bin daran nicht gewöhnt. Ich könnte dann nicht schlafen."

Mit diesen Worten strich sie ihm die Haare aus der Stirn, wobei ihre Zärtlichkeit - es war nur eine kurze Bewegung - zaghaft wirkte. Er starrte ihr dabei in die Augen, als wollte er darin alles erkennen, die ganze Wahrheit. War es eine Geste, aus der man Liebe lesen konnte, Gefühle, die sie nur - warum auch immer - nicht richtig ausdrücken konnte? War es Mitleid, Mitgefühl? Oder widerstrebte ihr diese Geste sogar, fühlte sie sich aus irgendeinem Grund dazu verpflichtet und in Wahrheit ekelte es, ekelte er sie an?

Oder war es gar der leise, letzte Gruß zum Abschied? Etwas in ihm sagte ihm, dass er heute, jetzt, in diesem Moment zum letzten Mal ihre Berührung spüren würde.

„Du, ich muss einmal kurz verschwinden", sagte Vera lächelnd, drückte ihre Zigarette aus, stand auf und ging an ihm vorbei zur Toilette. Er sah ihr nicht hinterher.

Sie verrichtete das, was an jenem Ort gemeinhin verrichtet wird. Dann wusch sie sich gründlich die Hände.

Als sie ins Lokal zurückkehrte, war er verschwunden.

„Er hat schon gezahlt", sagte ihr die Kellnerin, die gerade vorbeikam. Sie war eine junge, schlanke Frau mit kurzen blonden Haaren. Den Fünfzigeuroschein hielt sie noch in der Hand.

12

Harnachs Zustand besserte sich im Laufe des Abends, denn er sah einen Ausweg. Nicht dass er die Lösung erst an diesem Abend gefunden hätte. Sie war einfach und – fast konnte man sagen - naheliegend. Heute aber zog er sie zum ersten Mal ernsthaft in Erwägung und - er freundete sich mit ihr sozusagen an.

Er hatte sich ziellos von Lokal zu Lokal treiben lassen und landete schließlich in einer bescheidenen Eckkneipe unweit des Karlsplatzes. Man konnte nicht gerade behaupten, dass hier die Post abging. An den vier Tischen des kleinen Gastzimmers saßen auch vier Personen. Von der Theke aus gesehen ganz rechts redete eine füllige Blondine um die vierzig eindringlich auf einen schmächtigen Mann gleichen Alters ein, der ihr schräg gegenüber saß und geduldig zuhörte. Ganz links befanden sich zwei Männer, die würfelten. Einer notierte dabei mit ernster und wichtiger Miene die Zahlen, als wäre das, was sie taten, auf irgendeine Weise und für irgendwen von Belang. Am Tresen schließlich saß ein Mann Mitte sechzig, der gebannt auf den kleinen Fernseher starrte, der etwas erhöht an der Wand vor ihm hing. Es wurde ein Fußballspiel übertragen.

Harnach trat in einigem Abstand an seine Seite, um etwas zu bestellen.

„Das war nie ein Elfmeter", schrie der Mann plötzlich. Harnach blickte auf den Bildschirm. Die Spieler in den himmelblauen Trikots waren offensichtlich derselben Meinung wie der Alte, denn sie protestierten wild gestikulierend oder schlugen die Hände über dem Kopf zusammen wie Menschen, denen der geballte Unverstand, mit dem man sie konfrontiert hatte, völlig unbegreiflich war. Der Trainer, ein schon ergrauter, aber noch ausgesprochen dynamischer Mann mit nicht mehr ganz zeitgemäßer Frisur, drohte vollends Amok zu laufen.

„Ein Bier", sagte Harnach und sah, wie der Elfmeter schließlich verwandelt wurde.

„Betrug", wetterte der Mann und blickte Harnach an, von dem er sich anscheinend Unterstützung erhoffte, aber der zuckte nur mit den Schultern, was den anderen aber keineswegs beruhigte.

„Die haben doch nur Dusel", empörte er sich.

Das Bierglas, das vor ihm stand, war noch halbvoll, das Schnapsglas dagegen leer. Es war mit Sicherheit nicht sein erstes gewesen an diesem Abend.

„Ich war 1970 in Leverkusen. Und wir haben die mit 3:0 geschlagen.

Aber heute? Der WSV spielt in der Regionalliga und die..."

Harnach hatte nicht zugehört und nahm jetzt wortlos sein Bier und ging an dem Mann vorbei ans hintere Ende des Tresens.

Er wollte seine Ruhe haben und nachdenken. Es dauerte zwanzig Minuten, bis er endgültig seine Entscheidung traf. Dann fragte er den Wirt, ob er mal telefonieren könne.

Der Wirt stellte ihm ein uraltes schwarzes Telefon auf den Tresen, und Harnach wählte eine Nummer.

Der andere war zu Hause.

„Hier Harnach, ich brauche deine Hilfe", sagte er leise

genug, so dass es sonst niemand hören konnte.

„Sie müssen sich verwählt haben", entgegnete der andere.

„Mann, Junge, ich bin's, Harnach."

„Ich kenne Sie nicht."

„Sag mal, spinnst du?"

Harnach bemerkte, dass der andere aufgelegt hatte. Er grinste unwillkürlich. Dann rief er den Wirt, bedankte sich und zahlte.

Beim Hinausgehen blickte er - schon wieder in Gedanken - noch einmal auf den Bildschirm.

Ein kleiner Spieler in dem hellblauen Trikot mit der 10 erkämpfte sich noch in der eigenen Hälfte den Ball und trieb ihn nach vorne.

„Mach et, Icke", rief der Mann neben Harnach.

Und Icke machte es. Er passte den Ball auf einen, wie es aussah, noch sehr jungen Spieler mit kurzen Haaren, der schon in Strafraumnähe stand und ihn zum Mittelstürmer der Blauen weiterleitete, und der schlenzte das Leder am Torhüter vorbei ins Netz.

„Tor!" schrie der Alte wie von Sinnen. Diese Scheiß-Leverkusener hatten in letzter Minute den Ausgleich hinnehmen müssen. Und alle sollten hören, wie sehr er sich darüber freute.

„Leverkusen wird trotzdem Meister", erklärte Harnach, nachdem sich der Mann ausgetobt hatte. Harnach hatte sich tatsächlich schon ein paar Spiele von Bayer

Leverkusen angeschaut und wie die anderen Kunden auch die Tore der Heimmannschaft beklatscht, im Moment aber interessierte ihn nichts weniger als die Frage, wer deutscher Fußballmeister würde. Er wollte den alten Saufkopf nur ein wenig ärgern.

Dessen Reaktion war eindrucksvoll.

„Nie", schrie er mit einer Entrüstung, als hätte ihm Harnach gerade vorgeschlagen, seine Enkelkinder knusprig gebraten zu verzehren.

„Wer bist du überhaupt?" rief er Harnach hinterher, als der schon in der Tür stand. „Du, du,...du bist kein Wuppertaler!"

Als Harnach die Kneipe verließ, stand sein Gegenspieler in seiner Wohnung am Wohnzimmerfenster und blickte auf das Lichtermeer der Stadt.

Schon der erste, zaghafte Anflug eines sentimentalen Gefühls machte ihm deutlich, wie erdrückend groß die Wohnung im Moment war.

Da klingelte das Telefon.

Heintze war am Apparat. Er saß noch zu später Stunde vor seinen Bändern.

„Und?" fragte der Mann.

„Es geht los."

„Endlich", entgegnete der Mann und lächelte.

„Und du brauchst mich noch?"

„Auf alle Fälle. Bis du abgelöst wirst."

„In Ordnung."

„Danke, Heintze."

Der Mann legte auf. „Es wurde auch langsam Zeit", sagte er zu sich selbst.

13

Da aber nun der Entschluss gefasst und die Entscheidung getroffen war, erreichte Harnach, was alles Übrige betraf, einen Zustand fast vollkommener Gelassenheit.

Das Tagesgeschäft hatte er vollständig dem Kleinen übertragen. Es interessierte ihn im Moment nicht. Hauptmann schickte er nach Hause. Dagegen protestierte der Kleine vehement, was Harnach mit der Bemerkung abtat, er brauche für nichts und vor niemandem Rechenschaft abzulegen.

Selbst Vera erhielt eine Abfuhr. Dass er von ihr enttäuscht gewesen war, hatte er ihr längst verziehen. Er wusste, dass alles, aber auch wirklich alles ausschließlich an ihm gelegen hatte. Wenn erst seine Probleme gelöst und seine Schwierigkeiten überwunden waren, dann würden sie noch einmal von vorne beginnen, er würde sich nicht mehr immer selbst im Wege stehen und vor ihnen läge eine goldene, glückliche Zukunft.

Über all das sprach er allerdings nicht mit ihr, sondern teilte ihr, als sie ihn einmal anrief, nur freundlich und charmant mit, dass ihm die Geschäfte in den nächsten Tagen keine Zeit ließen, er sich aber, sobald diese Dinge erledigt seien, direkt bei ihr melden würde.

Sie schien besorgt und bat ihn, auf sich aufzupassen. Ihn

freute ihre Anteilnahme, er selbst hingegen war wieder zuversichtlich. „Ich denke an dich", sagte er zum Schluss, und das entsprach der Wahrheit.

Er rief noch insgesamt sieben Mal an. Der andere ließ sich verleugnen, spielte den Ahnungslosen und versuchte Harnach auf jede Art abzuwimmeln, aber der ließ nicht locker.

Bei seinem letzten Anruf stand Harnach in einer Telefonzelle in der Fußgängerunterführung am Döppersberg, dem hässlichsten Ort der Stadt.

Eine Frau in einem beigen Kleid unter einem langen, offenen Mantel ging an der Telefonzelle vorbei. Sie war etwa dreißig, blond und gefiel ihm. Ihr Anblick weckte in ihm eine Wehmut, so als würde er sich an eine längst vergangene Zeit erinnern. Im Hintergrund standen drei Penner und debattierten erregt und wichtig über irgendetwas.

Harnach wartete endlos, bis abgehoben wurde.

„Leg nicht auf", sagte er, „du wirst mich nicht los. Auf gar keinen Fall."

Der andere schwieg zunächst, dann sagte er: „In Ordnung."

„Wann treffen wir uns?" fragte Harnach.

„Du kennst den Weyerbuschturm auf der Kaiserhöhe? Am Freitagabend um halb neun, dann dürften wir da ungestört sein."

„Morgen Abend", widersprach Harnach.

„Okay, dann am Donnerstag."

„In Ordnung, um halb neun."

Der andere legte auf, ohne sich zu verabschieden.

Harnach lief daraufhin ziellos durch die Stadt und strandete schließlich in einem Sex-Shop in der Passage zwischen Neumarkt- und Luisenstraße. Er sah in einer Video-Kabine dreißig Euro lang etwa hundert Menschen bei ihrem regen Treiben zu, das in mannigfaltigen Variationen dargeboten wurde, wobei freilich thematische Schwerpunkte gesetzt wurden. Was er dort tat, empfand er als erbärmlich, aber es half gegen die Einsamkeit. Anschließend ging er ins Café am Von-der-Heydt-Museum, wo er bei dem Versuch scheiterte, die Zeitung zu lesen, da er sich überhaupt nicht konzentrieren konnte. Er las einen Artikel, hielt plötzlich inne und stellte fest, dass er keinen blassen Schimmer hatte, wovon er handelte. Die Gedanken in seinem Kopf ließen keinen Platz für Neues. Er wechselte ins *Katzengold*, wo er allerdings auch nichts mit sich anzufangen wusste. Das nahe Café Mozambique mied er, weil er ihr nicht begegnen wollte. Also ging er nach Hause. Dort klärte er die Meybaum und den Kleinen darüber auf, dass man sich unmöglich alleine auf Meißen verlassen könne und er daher den ganzen Tag damit beschäftigt gewesen sei, neue Kunden zu akquirieren. Er habe noch keine Abschlüsse getätigt, in drei Fällen jedoch verliefen die Verhandlungen vielversprechend. Ihm kam plötzlich zu Bewusstsein, dass er sich heute für seine Verhältnisse ausgesprochen leger gekleidet hatte und schon daher wenig glaubwürdig klang. Man konnte ihm kaum abnehmen, dass er so auf Kundenfang gegangen war. Er ließ sich jedoch nicht aus dem Konzept bringen und stellte klar, dass die erwähnten Verhandlungen auch in den nächsten Tagen seine ganze Arbeitskraft in Anspruch nähmen und sich der Kleine daher weiterhin um die laufenden Aufträge zu kümmern habe. Mit Hilfe der Meybaum werde es dies auch souverän bewerkstelligen, fügte er aufmunternd hinzu.

‚Die schauen mich an wie einen armen Irren', dachte er. Dann ging er nach oben.

Er wusste, was ihm in solchen Situationen half. Er schaltete den Rechner an und begann, *Free Cell* zu spielen, ein Computerspiel, das sehr eng dem Kartenspiel *Patience* entlehnt war und aufgrund seiner Einfachheit und Klarheit geradezu süchtig machen konnte. Gegen neun Uhr stand es 33 zu 9 für ihn, und er hörte auf, weil ihn die Augen schmerzten. Danach waren Video-Clips an der Reihe, die er aber weit mehr hörte als sah, da er meist mit geschlossenen Augen rücklings auf dem Bett lag.

Als er sich doch einmal aufrichtete und zuschaute, bemerkte er bissig zu sich selbst, dass das Programm langweiliger sei als vorhin in der Neumarktstraße. Dennoch lief der Fernseher bis zum nächsten Vormittag. Im Laufe der Nacht wollte er einige Male rauchen, war aber zu faul, um rauszugehen. Was das Rauchen in der Wohnung betraf, blieb er standhaft. Es waren also noch nicht alle Dämme gebrochen.

Gegen fünf schlief er in voller Kleidung ein, und um kurz nach zehn wachte er wieder auf. Es war Donnerstag. Er stand auf, stellte den Fernseher ab und begab sich nach unten, wo er die Meybaum und den Kleinen antraf, die dort ihrer Arbeit nachgingen. Sie sahen ihn befremdet an, was daran liegen mochte, dass er ungewaschen und unrasiert war. Beides – sein Zustand und ihre Reaktion – war für ihn jedoch nicht weiter von Belang. Er wünschte ihnen freundlich einen schönen Tag, verließ das Haus und begab sich erneut ins *Katzengold*, um zu frühstücken.

Anschließend beschloss er spazierenzugehen. Da seine Zigaretten zur Neige gingen, kaufte er sich eine neue Schachtel und fuhr nach Barmen, wo er unterhalb der Anlagen parkte. Er ging ein Stück bergan, hundert bis hundertfünfzig Meter vielleicht, dann setzte er sich auf eine Parkbank, rauchte und blickte auf die Stadt.

Man konnte es mögen, dieses Wuppertal, wenn man schon hier lebte.

Eine alte Frau kam des Weges, die er freundlich grüßte. Sie setzte sich neben ihn und begann ihm etwas zu erzählen. Er merkte erst auf, als sie ihn fragte, ob er ihr zuhöre.

„Natürlich", entgegnete er.

Am frühen Nachmittag war er wieder zu Hause. Er versuchte, ein wenig zu schlafen, was ihm nicht gelang. Schließlich ging er ins Bad und duschte sich im mehrfachen Wechsel warm und kalt ab. Danach hatte er das Gefühl, wieder klar denken zu können.

14

Der Tag war schön und für den beginnenden November ausgesprochen mild gewesen, aber am Abend wurde es empfindlich kalt. Harnach hatte gegen acht weiter unten in der Moltkestraße geparkt und war dann zu Fuß zur Kaiserhöhe gegangen. Jetzt saß er auf einer Bank an dem Spielplatz hinter dem Weyerbuschturm, von dem der andere am Telefon gesprochen hatte. Der Weyerbuschturm war 20 Meter hoch und einer der schönsten Aussichtspunkte der Stadt. Eine kleine Treppe führte hoch zur Eingangstür. Im Innern des Turms konnte man dann ganz nach oben steigen. Der Turm war im letzten Jahrzehnt des vorletzten Jahrhunderts erbaut worden, und sein rundes, spitzes Türmchen mit Wetterhahn, seine Zinnen und Erker zeugten vom historisierenden Stil dieser Epoche.

Zu dieser Stunde aber, in der nur die erleuchteten Fenstern des einzigen Hauses, das sich hier - jenseits des Turmes - befand, und das Licht des Mondes, der immer wieder von Wolken verdeckt wurde, die Dunkelheit durchbrachen - da wirkten die Umrisse des Turmes - je nach Stimmungslage – tatsächlich geheimnisvoll, mystisch und schauerlich.

Harnach trug eine warme Jacke, aber er fror. Er zitterte sogar.

Er wartete sechs Zigaretten lang, eine an der anderen entzündet, dann kam der andere.

Er hatte sich auf die abendliche Kälte besser eingestellt, denn er trug einen langen Mantel.

„Und wenn sie nun mein Telefon abhören, du Arschloch?" fragte der Maler unvermittelt, ohne jede Begrüßung.

„Jetzt noch?"
„Das kann man nie wissen."

„Wäre ich sonst hier?"

Der andere schaute Harnach verächtlich von oben an. Er schien nicht überzeugt.

„Also was willst du?"

„Wie du weißt", begann Harnach etwas unbeholfen,

denn er war nervös, „ich bin im Baugewerbe tätig."

Er zündete sich eine neue Zigarette an, Nummer sieben an Nummer sechs.

Der Maler drehte sich plötzlich um. Er schien ein Geräusch gehört zu haben. Aber nun war alles ruhig, und er wandte sich wieder Harnach zu.

„Am liebsten würdest du sie fressen", bemerkte er spöttisch, „also komm, fass dich kurz."

„Ich werde verfolgt. Da ist ein Neuer, Lorenzo mit Namen, er hat mir gedroht, einen meiner Mitarbeiter zusammengeschlagen, auf mich geschossen und zuletzt mein Auto in die Luft gejagt..."

„Das klingt ja lustig", warf der andere ein. Er setzte sich immer noch nicht.

„Sehr lustig", entgegnete Harnach sarkastisch.

„Und den soll ich jetzt umlegen?"

„Dann wären wir quitt."

„Bist du wahnsinnig?" zischte der andere. „Wir sind quitt. Du hast die dicke Kohle bekommen."

„Ich kann dich auch bezahlen."

„Du verdammter Idiot. Dass wir nie mehr in Kontakt treten, war Voraussetzung für alles. Nur so kann es funktionieren."

„Ich habe lange überlegt. Es gibt keine andere Möglichkeit."

„Ich habe dich überschätzt, Harnach", sagte der Maler

und sprach dabei wieder ruhig und gelassen. „Ich dachte, du wärest intelligent genug, dich an unsere Abmachung zu halten. Meinst du, ich hätte dich sonst bis jetzt am Leben gelassen?"

Harnach warf den Kopf herum. Die Wolke, die den Mond verdeckt hatte, gab ihn jetzt frei, so dass er das leise Lächeln im Gesicht des Malers genau erkennen konnte - ebenso wie den Schalldämpfer an der Pistole, die Stolze aus seinem Mantel zog und auf Harnach richtete.

In diesem Moment gingen die Scheinwerfer an, die zwischen den Zinnen des Turmes platziert waren und von dort aus den Ort unter ihnen in grelles Licht tauchten, so dass sich der Maler die linke Hand unwillkürlich schützend vor die Augen hielt.

„Waffe runter", brüllte einer der vier Beamten, die mit MPs im Anschlag hinter dem Turm hervorgetreten waren.

Der Maler zögerte einen Moment, der allen Beteiligten unendlich lang erschien, dann ließ er die Waffe fallen.

„Deine Retter", rief er Harnach zu und begann zu lachen. Es war ein immer lauter werdendes, unbändiges, seinen ganzen Körper biegendes und erschütterndes Lachen.

Es schien, als habe ihn jetzt völlig der Wahnsinn gepackt.

Harnach selbst wurde von zwei Beamten ergriffen und abgeführt. Sie gingen an Meinke und Wolf vorbei, die im Licht der Scheinwerfer nebeneinander standen. Harnach sah, wie Wolf Meinke zunickte und sich dann ihnen – den beiden Beamten und ihm selbst – anschloss. All das war vollkommen unwirklich, eine Filmszene, die gerade gedreht wurde, nicht die Realität. Es war ein Alptraum wie der andere, der immer wiederkehrte und in dem er eine Frau erschlug, bevor er erleichtert aufwachte. Gleich, gleich würde er aufwachen, und dann wäre alles vorbei.

15

Der Maler hatte sich beim Verhör im Präsidium wieder unter Kontrolle. Wolf vernahm ihn, und Stolze verhielt sich durchaus kooperativ. Das Spiel war verloren. Was sollte man da noch machen?

Er war noch genauso arrogant wie vor fünf Jahren, als er schon einmal hier gesessen und natürlich nicht mit Worten, aber mit seinem ganzen Auftreten nur eines ausgedrückt hatte: *Ich habe sie umbringen lassen, aber du kriegst mich nicht.*

Dieser Satz hatte Wolf fünf Jahre vor Augen gestanden – immer wieder und bei jeder Gelegenheit.

Jetzt trug der Maler ein übertrieben lässiges *C'est la vie* zur Schau.

„Wie sind Sie eigentlich auf Harnach gekommen?" fragte er im Plauderton.

Wolf lächelte. „Harnach hat in einem Interview behauptet, dass er sich beim Verkauf der Ludwig-Villa gesund gestoßen hat. Ich kenne Leute, die dort wohnen, und weiß daher, dass das alles andere als ein grandioses Geschäft war. Plus-minus-null im besten Fall. Und ich habe mich natürlich gefragt: Warum sagt der so was?"

„Also Zufall", warf der Maler ein. Es klang verächtlich.

„Einer von unendlich vielen möglichen Zufällen", präzisierte Wolf.

„Außerdem haben Sie sehr schnell nach dem Tod Ihrer Frau eines Ihrer Häuser verkauft - weit unter Preis übrigens."

„Wenn's nach mir gegangen wäre", rechtfertigte sich der Maler, „hätte ich mir natürlich Zeit gelassen, aber er brauchte ja die Kohle."

„Und schließlich", fügte Wolf hinzu, „sind Sie gemeinsam zur Schule gegangen."

„Stimmt", bestätigte der Maler, „drei Jahre lang, dann hat er's nicht mehr gepackt, der Trottel." Er schüttelte den Kopf. „Wieso habe ich mich mit diesem Idioten eingelassen? Vor drei Wochen erscheint er auf meiner Vernissage. Ich sage zu ihm: 'Von irgendwoher kenne ich Sie.' Ist doch naheliegend, wenn man drei Jahre zusammen zur Schule gegangen ist, aber er wird ganz verlegen und sagt: 'Aber nein, mein Herr, ich habe Sie noch nie gesehen.' Und dann ruft er mich an, dieser Tölpel." Und Sie haben natürlich alles abgehört." Er lächelte bitter. „Daher auch meine Probleme mit dem Telefon."

Wolf verstand nicht, wieso Stolze ausgerechnet bei ihm um Verständnis warb. Er wechselte das Thema.

„Und ihr Bild hing die ganze Zeit in Ihrer Wohnung?" fragte er unvermittelt.

Der Maler grinste.

„Dadurch bin ich tatsächlich in Zweifel geraten, weil ich nie geglaubt hätte, dass man so etwas packt."

„Wieso nicht?", entgegnete der Maler und lachte, „ein ehrendes Andenken sozusagen." So grotesk es auch war: Er fasste Wolfs Worte als Anerkennung auf und fühlte sich geschmeichelt. Er schien unglaublich stolz auf dieses Ablenkungsmanöver, das seiner Schauspielkunst in der Rolle des trauernden Ehemanns die Krone aufgesetzt hatte.

Wolf wandte sich angewidert ab, so dass sich das Gesicht des Malers verfinsterte.

„Es ging mir nicht um Geld, es ging um meine Arbeit", begann er leise, um sich dann in Rage zu reden. „Meine Kunst war ihr egal. Sie müssen sich das einmal vorstellen. Sie haben gerade ein wunderbares Licht, ein Licht, das sie jetzt haben und dann vielleicht wieder in fünf Jahren oder überhaupt nicht mehr. Und dann kommt die Alte und drückt mir eine Einladung zu irgendeiner Scheiß-Party aufs Auge. 'Und da will ich, dass du brav an meiner Seite stehst und Small-Talk machst.'"

Beim letzten Satz hatte er seine tote Frau in maßlos überzeichneter Weise nachgeäfft. „Und ich sage ihr ganz freundlich: 'Liebe meines Lebens, zuerst kommt meine Kunst und dann kommt lange, lange nichts. Und auch wenn du es nicht verstehen solltest: Meine Kunst ist wichtiger als irgendwelche Großbürgerschwuchteln mit ihren verlogen lächelnden, unbefriedigten, frustrierten, hysterischen Weibern." Die letzten Worte hatte er mit aufrichtigem Ekel ausgesprochen, bevor er mit wildem Kreischen und irren Augen erneut die Tote imitierte: „Aber es ist mein Geld, du lebst von meinem Geld, zeig mir doch das Geld, das du mit deiner 'Kunst' verdient hast. Alles ist mein Geld, Geld, Geld, Geld, Geld..."

Er brabbelte das Wort Geld noch einige Male vor sich hin - und zwar in einer Weise, die an sein Lachen zwei

Stunden zuvor erinnerte.

Wolf kannte das. Es war das alte Lied. Das Opfer war schuld.

„Wissen Sie, was ich über Ihre Ausstellung gelesen habe?" bemerkte er ruhig. „Die Arbeit eines ambitionierten Volkshochschulkursteilnehmers."

Das schien den Maler zu beruhigen. Er lächelte: „Herr Wolf. Ich kann sie nur loben. Sie sind auf dem richtigen Weg. Wenn Sie weiter so eifrig die Kritiker nachbeten, dann wird aus einem Bullen noch einmal ein richtiger Bildungsbürger. Bravo."

Wolf stand auf. Auch er lächelte. Er fand das ganz in Ordnung. Er war ein blöder Bildungsbürger und der andere ein großer Künstler, aber der große Künstler ging jetzt lebenslang in den Knast.

Er rief einen Beamten, der den Maler abführen sollte. Wolf erkannte genau, wie der Maler erschrak, als der Uniformierte den Raum betrat. Er wusste, dass Stolze in diesem Moment wirklich begriff, in welcher Lage er sich befand, und es ihm klar wurde, dass von nun an die Schiffe, alle Schiffe, ohne ihn den Hafen von Ios ansteuern würden - mindestens fünfzehn Jahre lang.

Auch das erfüllte Wolf mit tiefer Befriedigung.

Er ging ins Nebenzimmer zu Harnach. Der war von dichten Rauchschwanden umgeben und blickte den Eintretenden finster an.

„Sie haben das alles inszeniert", sagte er düster, „alles, von Anfang an."

Er saß am hinteren Ende des Raumes, an einem von zwei zusammengeschobenen Tischen. Ihm gegenüber stand ein Stuhl, Wolf setzte sich jedoch nicht.

„Aber Sie bekommen alle Probleme dieser Welt. Das können Sie nicht machen. Sie können nicht einfach das Auto eines Verdächtigen in die Luft jagen."

„Ich verstehe Sie nicht ganz", entgegnete Wolf, „Ihr Auto steht in Ihrer Garage. Sie selbst sind jetzt zwar nicht in der Lage, sich davon zu überzeugen, aber Sie können ja Ihren Anwalt hinschicken."

„Ach, so ist das", Harnach grinste hämisch.

„Es ist übrigens wirklich ein Auto von der Größe des ihrigen ausgebrannt - im Felderbachtal, exakt an dem Tag, als Sie im Ronsdorfer Talsperrenwald spazierengingen."

„Und die Schüsse auf mich?" rief Harnach höhnisch aus.

„Gibt es da Spuren oder Zeugen?" fragte Wolf ruhig.

„Der Kleine kann alles..." Harnach stockte, denn er bemerkte das leise Lächeln in Wolfs Gesicht.

„Sie Schwein", brach es aus Harnach heraus, „Sie verdammtes Schwein..."

„Vorsicht", zischte Wolf wutentbrannt, trat an die Tische heran und stieß den Stuhl zur Seite. „Sie war 45 und hatte noch mindestens 25 Jahre. Und jetzt willst du Arschloch eine faire Behandlung einfordern."

Einen Moment lang hatte es geschienen, als wollte er auf den Verbrecher einprügeln. Jetzt aber trat er vom Tisch zurück zur Tür.

„Und noch eins: Vor Gericht wird es wenig goutiert,

wenn Auftragskiller irgendwelche mysteriösen Verschwörungstheorien auftischen. Wenn du überhaupt noch einmal rauskommen willst, ist Reue angesagt, tief empfundene, aufrichtige Reue."

Mit diesen Worten verließ er den Raum.

Als Harnach wenig später in seine Zelle geführt und die Tür hinter ihm verschlossen wurde, hatte er noch fünf Zigaretten. Ihn plagten die allergrößten Sorgen um den Nachschub, ganz so, als würde seine Lage erst dann wirklich katastrophal, wenn ihm die Zigaretten ausgingen.

Später - er rauchte gerade die vorletzte - dachte er an Vera. Würde sie ihn besuchen, gar auf ihn warten?

Meinke war noch nicht gegangen. „Wie lief's?" fragte er, als Wolf sein Büro betrat.

„Es war nicht so schwer", antwortete Wolf.

„Es geht also auch ohne mich."

„Bei diesen Verhören schon", schränkte Wolf ein und lächelte.

Dann schwiegen sie.

„Unser letzter Fall", sagte Wolf schließlich.

Meinke schüttelte den Kopf. „Dein Fall, und auch nicht dein letzter."

„Meinke, ich danke dir, für alles in den letzten fünfzehn

Jahren..."

„Bitte nicht", unterbrach ihn Meinke flehentlich, „Anfang Dezember ist die offizielle Verabschiedung, und da dürft ihr alle so pathetisch sein, wie ihr wollt. Ich steh das schon durch. Aber jetzt? Ich dachte eigentlich, *dich* müsste es ganz besonders nach Hause ziehen."

„Da könntest du recht haben."

Wolf gab Meinke noch einmal die Hand und ging dann zur Tür.

„Wir sehen uns spätestens im Dezember und danach immer, wenn ich ein Problem habe, irgendwie nicht weiter komme", sagte Wolf grinsend und war schon aus der Tür.

„Junge, hau bloß ab", rief ihm Meinke hinterher, „du bist bei uns immer willkommen, aber komm nur ja nicht auf die Idee, mich mit irgendwelchen beruflichen Dingen zu behelligen. Es ist Schluss. Ich bin hier fertig. Verstehst du? Mich gibt's hier schon gar nicht mehr."

Wolf kam gegen halb zwölf nach Hause. Natürlich war er im ersten Moment enttäuscht, wirklich überrascht war er jedoch nicht. Er hatte geahnt, dass es ganz so einfach, automatisch, selbstverständlich auch nicht weitergehen würde.

Immerhin war eine Nachricht auf dem Anrufbeantworter: Eine Uhrzeit – Samstag 15 Uhr - und ein kurzer Gruß. Mehr wäre auch nicht nötig gewesen.

EPILOG

1

„Ich König Lear? Mit 37 König Lear?" protestierte Laurant.

„Willst du etwa eine der Töchter spielen?" entgegnete Michael.

„Quatschkopf."

„Laurant, du nervst. Seit Jahren höre ich von dir immer nur: ‚Mein Papi war Südfranzose, und deswegen darf ich immer nur Mafiosi und Kebab-Verkäufer spielen. Diskriminierung! Faschismus!' Und wenn ich dir dann eine der größten Rolle auf dem Theater überhaupt gebe, dann ist es dir auch wieder nicht recht."

Michael ließ sich auf seinen Stuhl fallen. Warum hatte er sich auch in den Kopf gesetzt, unbedingt eine Theatergruppe leiten zu wollen. Seine Eltern hatten ihn schließlich gewarnt.

„In Ordnung. Wenn du meinst, spiele ich den Lear eben", erwiderte Laurant kühl und wandte sich nun an die anderen, „was Jean-Baptiste sagt, ist mir schließlich Befehl."

„Ich werde wahnsinnig", schrie der vermeintliche Jean-Baptiste. Eines schönen Abends war es seinem Gehirn unter der Schädeldecke langweilig geworden, und es hatte einen kleinen Rundflug durch die umliegenden Ortschaften unternommen. Just zu dieser Zeit hatte er dem debilen Haufen hier, der ihm das Leben sauer machte, erzählt, dass der französische Komödiendichter Molière sein großes Vorbild war. Das würden sie ihm jetzt in den nächsten drei Jahrhunderten stündlich unter die Nase reiben. Außerdem hatte er das Theater im Theater satt, das ewige Ritual, bei dem er den Leuten die besten Rollen gab und sich auch noch kniefällig dafür bedanken sollte, dass sie sie annahmen.

„Mein Liebster leidet", sagte Madelaine, die hinter Michael getreten war und ihm sanft übers Haar strich. Ihr hübsches Gesicht konnte man seit Wochen überall in der Stadt sehen, denn sie hatte sich im Juli in einer modischen Uniform neben der Fahrertür des schönsten Schwebebahnzuges ablichten lassen. Eine junge, hübsche, lächelnde Schwebebahnfahrer*in*, eine Frau - so modern war die Stadt. Das Plakat war von der Stadt Wuppertal in alle Welt verschickt worden, auf dass den Leuten auf die Frage nach einer deutschen Stadt mit *W* endlich etwas anderes einfiele als immer nur Würzburg, Wiesbaden oder Wanne-Eickel.

Es ging ihr ein wenig auf die Nerven, dass sie ständig auch wildfremde Leute auf ihr Bild ansprachen, aber ansonsten hatte ihr der Job recht gut gefallen, besser jedenfalls als die üblichen Nebenrollen in irgendwelchen Schwachsinnsserien, für die sie viel zu oft nach Köln fahren musste. Aber auch sie brauchte Geld.

Was sie jedoch wirklich interessierte, war dieses kleine Theater, für das sie in den verschiedensten Funktionen tätig war – als Schauspielerin, Regie-Assistentin und manchmal auch als Kassiererin. Sie würde im *Lear* die jüngste Tochter des Königs spielen, und er, ihr Liebster, der Mann, der vor ihr saß und gerade verzweifelt den Teppich suchte, in den er beißen konnte, würde das Stück inszenieren.

„Er will eben im Theater der Geliebte einer Zwanzigjährigen sein und nicht der Vater einer Mittdreißigerin", sagte ein muskulöser blonder junger Mann, der neben

Laurant saß, und klopfte ihm kräftig auf die Schulter.

„Was heißt hier im Theater?" knurrte Laurant.

„Er ist ja auch der geborene jugendliche Liebhaber", sagte ein zweiter junger Mann, der ebenfalls an Laurants Tisch saß, dunkle Haare hatte und dem man ebenfalls ansah, dass er seine Muskeln trainierte. Er strich bei seinen Worten dem zukünftigen Lear-Darsteller grinsend über die Glatze und klopfte ihm leicht auf den Bauch.

„Du bist so lieb zu mir, Marcel", sagte Laurant und fügte hinzu: „Außerdem erklärte ich öffentlich: Ich bin glücklich und zufrieden, Lear spielen zu dürfen, und zerfließe vor Dankbarkeit. Ich betone das in aller Form, sonst fängt Jean-Baptiste noch an zu weinen."

Michael hob den linken Arm und wandte sich an Laurants Tischnachbarn: „Sagt mal, könnt ihr den nicht mal ein bisschen prügeln? Wieso gehe ich eigentlich mit euch seit zehn Jahren ins Fitness-Studio?"

„Sie gehen mit dir ins Fitness-Studio", sagte Madelaine, „damit mein Liebster seine empfindsame Seele in einem stahlharten Körper verstecken kann." Sie fuhr Michael bei diesen Worten mit den Händen von den Schultern nach unten über die Brust, und Ihre Bewegungen waren genauso lasziv wie der Klang ihrer Stimme, ganz so, als könne sie es überhaupt nicht mehr erwarten, sich seinem stahlharten Körper hinzugeben.

In diesem Moment wurde die Tür von außen geöffnet.

„Die Sponsoren", rief Madelaine, die sich wieder aufgerichtet hatte, „ihr könnt euch nachher weiterstreiten."

Es waren Wolf, Grabert und Simon, die in diesem Moment das Theater betraten.

Ihnen bot sich ein interessantes Bild.

Am linken der fünf Tische, die vor beziehungsweise in einem Fall neben der Bühne standen, saßen Lorenzo und seine beiden Mitarbeiter. Am mittleren Tisch saß Harnachs Leibwächter. Ihm schien es gut zu gehen, denn eine hübsche, schlanke Frau mit langen dunkelblonden Haaren stand hinter ihm und massierte ihm die Schultern. Auch einige Mitglieder der Wohngemeinschaft waren da. Vier von ihnen saßen am hinteren der beiden rechten Tische, zwei auf dem Bühnenrand.

Michael Rauch stand auf und reichte den Herren die Hand.

Dann ließ es sich Grabert nicht nehmen, eine kleine Rede zu halten, bei denen er den Anwesenden für Ihre vorzügliche Arbeit dankte. Besonders Rauch hob er hervor. Er habe als Leibwächter bei der Beschattung Harnachs hervorragende Polizeiarbeit geleistet. „Sind Sie sicher, dass Sie hier richtig sind?" fragte er ihn.

Der Angesprochene lächelte.

„Aber auch Sie waren hervorragend", sagte er zu den Mitgliedern der Wohngemeinschaft, „Herr Simon hat mir das ausdrücklich bestätigt." Dabei klopfte er dem Mann neben ihm, der etwas jünger und kleiner war als er, auf die Schulter.

„Noch einmal vielen Dank an alle", rief er abschließend aus.

„Vielen Dank auch an Yvonne von der Maske", fügte Simon hinzu, wobei er sich an eine Frau wandte, die am

Tisch der WG-Mitglieder saß.

Yvonne lächelte, im gleichen Moment ertönte es jedoch mehrstimmig von Laurants Tisch: „Das wäre doch gar nicht nötig gewesen. Hätten wir doch erledigen können." Marcel war sogar aufgestanden und hatte die Haltung eines Boxers eingenommen.

„Sie haben mein uneingeschränktes Vertrauen, meine Herren", sagte Simon mit einem Gesichtsausdruck, als hätte er in eine Zitrone gebissen, „aber ich denke, es war schon besser so, wie wir es gemacht haben."

Dabei sah er Yvonne an, die aufmunternd nickte.

Rauch grinste und wandte sich dann wieder den Polizeibeamten zu.

„Auch wir haben Ihnen zu danken. Für uns war es eine sehr interessante Erfahrung, und es hat, auch wenn es eine ernste Sache war, großen Spaß gemacht."

„Nicht immer", widersprach Madelaine lachend und wandte sich dann an Wolf, „als der Mann, den Sie uns gezeigt hatten, hier im Theater auftauchte und Karten wollte, rutschte mir schon das Herz in die Hose."

„Aber glücklicherweise gibt es – Sie verzeihen, meine Herrschaften – auch außerhalb dieses Theater vereinzelt gute Schauspieler", sagte Grabert schmunzelnd und klopfte nun Wolf auf die Schulter. Dann ergriff Rauch wieder das Wort.

„Natürlich will ich auch die finanziellen Aspekte nicht verschweigen. Immerhin zahlen sie definitiv, der Zuschauer dagegen kommt immer nur vielleicht."

Das war das Stichwort für Wolf, den Scheck zu zücken.

„Auch ich möchte Ihnen herzlich danken", sagte er und überreichte Rauch den Scheck.

Die beiden Männer gaben sich die Hand.

„Und was ist mit dem Bestechungsgeld?" rief einer vom rechten Tisch. „Die Kohle würde unserem Theater sehr gut tun."

Grabert hob abwehrend die Hände und schüttelte den Kopf.

„No chance", sagte er, „es tut uns wirklich leid, aber das ist absolut unmöglich. Wir kämen in Teufels Küche."

„In Ordnung", sagte Rauch und hob abwehrend die Hände, „wir sind ja auch schon so zufrieden."

„Und was spielen Sie als nächstes?" fragte Wolf Madelaine.

„König Lear."

Wolf ließ seinen Blick über die Anwesenden streifen, bevor er schließlich auf Laurant ruhte.

"Und Lorenzo spielt Lear?" fragte er grinsend.

Madelaine nickte.

„Er und keiner anderer", bestätigte Michael.

„Und wann ist die Premiere?"

„Mitte Dezember, wenn alles glatt läuft."

„Also in sechs Wochen am selben Ort?"

„Wir erwarten Sie."

„Wir kommen", versprach Wolf.

„Aber spekulieren Sie nicht auf Freikarten!" rief Laurant den Beamten hinterher, als sie schon fast an der Tür waren.

„Keine Sorge, wir zahlen", rief Grabert zurück.

„Definitiv", fügte Wolf hinzu.

2

Nachdem sie die Theaterfabrik verlassen hatten, fuhren sie zurück zum Präsidium. Wolf saß am Steuer, Grabert neben ihm und Simon nach vorne gebeugt genau auf dem mittleren Rücksitz.

„Vielen Dank natürlich auch an Sie", sagte Grabert, indem er sich zu Simon zurückdrehte, „ohne Sie hätten wir das nie geschafft."

„Dem kann ich mich nur anschließen", pflichtete Wolf seinem Vorgesetzten bei.

„Es lief eigentlich recht glatt", bestätigte Simon, „nur in einer Situation hätte ich fast eingreifen müssen: Als er auf den Handwerker, diesen Niederklostermann, losgehen wollte."

„Das wäre dann wahrscheinlich das Ende gewesen", bemerkte Wolf.

„Ist aber zum Glück noch einmal gut gegangen", erklärte Simon, „und ansonsten musste ich ihn ja nur über die Abgründe in den Seelen deutscher Frauen aufklären."

Wolf blickte unwillkürlich in den Rückspiegel. Auf Simons Gesicht lag ein breites Grinsen, und auch Wolf musste schmunzeln.

„Unsere 007", sagte Grabert schließlich und schüttelte den Kopf, „fünf Monate undercover." Seine Worte klangen anerkennend, so als sei dies wirklich kein Pappenstiel.

Daher überraschte Simons Reaktion.

„Ich weiß", sagte er, „der Mann von der Stasi."

„Das ist wohl ein Witz?" protestierte Wolf empört. „Sie haben uns sehr geholfen, einem Mörder das Handwerk zu legen. Das ist doch etwas ganz anderes, als harmlose Menschen zu bespitzeln und zu denunzieren."

Simon nickte. „Danke", sagte er kurz. Er hatte anscheinend wenig Lust, die Diskussion über diesen Punkt zu vertiefen.

„Und was machen Sie jetzt?" fragte Grabert. „Wohin gehen Sie?"

„Vielleicht bleibe ich hier."

„Das ist doch keine schlechte Idee", lobte Wolf. „Wir bleiben schließlich auch hier, oder hast du Lust, dich nach Wiesbaden versetzen zu lassen, alter Karrierist?"

„Scherzkeks", entgegnete Grabert.

„Übrigens", sagte Wolf zu Simon, als alle auf dem Parkplatz des Präsidiums aus dem Wagen stiegen, „du weißt, daß Meinkes Stelle frei wird?"

„Ist die denn nicht schon längst besetzt?"

Grabert schüttelte den Kopf. „Unser geschätzter Kollege Meinke hat heute nicht den verdienten Ruhestand, sondern seinen ebenso verdienten Resturlaub angetreten. Der ist sogar länger als die verbleibende Dienstzeit, die

Anfang Dezember endet. Und sein Nachfolger wird am ersten Januar beginnen."

„Und die Entscheidung...?"

„...ist noch nicht gefallen."

„Und ihr könntet da etwas für mich tun?"

Wolf blickte Grabert an, der nickte.

„Also überleg's dir, aber überleg's dir schnell", sagte Wolf.

Sie verabschiedeten sich voneinander, und Simon ging zu seinem smaragdgrünen Karmann-Ghia-Coupé. Sie blickten ihm hinterher.

„Ein netter Kerl", bemerkte Manni.

Wolf nickte. „Und ein schönes Auto."

„So was bauen die doch heute nicht mehr."

Sie gingen zum Eingang des Präsidiums.

„Der wäre mir als Kollege recht. Wirst du ihn vorschlagen?"

„Natürlich werde ich ihn vorschlagen. Wenn du ihn willst, Arno, werde ich ihn vorschlagen. Wir wissen schließlich beide, dass es auf der ganzen Welt keinen Vorgesetzten gibt, der die Anweisungen eines einzelnen Untergebenen so strikt und konsequent befolgt wie ich."

„Das ist, Manni", sagte Wolf und legte seinem alten Freund den Arm auf die Schulter, „genau die richtige Einstellung."

Im Präsidium mussten sie beide den Ort aufsuchen, an den es den Menschen gelegentlich treibt.

"Du hast es also wieder einmal geschafft", sagte Grabert, als er neben Wolf ans Waschbecken trat. Wolf blickte auf und sah geradeaus in den Spiegel.

"Uns gibt es eben auch noch", entgegnete er.

"Was will uns der Dichter damit sagen?" fragte Grabert.

Wolf wandte den Blick nach links zu seinem Vorgesetzten und lächelte.

"Nichts weiter. Nur dass es uns auch noch gibt. Nicht mehr und nicht weniger."

Er trocknete sich die Hände ab.

"Danke übrigens, dass du einen alten Kumpel nicht hängen lässt."

Grabert nickte.

"Das war ganz schön hoch gepokert diesmal", bemerkte er dann..

Dem konnte Wolf nicht widersprechen.

Er hielt Grabert die Tür auf, und sie traten auf den Flur.

„Was hältst du davon, wenn wir ab jetzt ein bisschen früher laufen? Im Dunkeln macht es keinen Spaß", fragte Wolf.

„Bin ich dafür."

„Nächsten Samstag um halb drei?"

„Das bedeutet: kein Mittagessen, dafür ein ausgiebiges

Frühstück."

„Genau."

„In Ordnung, aber diesmal lauf ich dich nieder", versprach Manni.

"Träum ruhig weiter", rief Wolf, der schon auf dem Weg zu seinem Büro war.

Dort schrieb er seinen Bericht. Selbstverständlich ließ er *nicht* seine Phantasie spielen, nahm sich aber die künstlerische Freiheit, aus der gesamten Wirklichkeit nur das auszuwählen, was ihm für ein offizielles Dokument geeignet schien.

3

Der Kleine fuhr zu Iris. Sie war zu Hause und empfing ihn in Leggins und ungeschminkt. Sie schien nicht besonders überrascht. Sie bat ihn herein und führte ihn ins Wohnzimmer, wo sie auf der Couch und er ihr gegenüber in einem Sessel Platz nahm. Er erzählte ihr ohne Umschweife, dass Harnach als Mörder überführt und verhaftet sei. Sie reagierte gefasst auf diese Nachricht. Mit Harnach hatte sie abgeschlossen. Dann klärte sie der Kleine darüber auf, dass er selbst als verdeckter Ermittler gearbeitet habe.

„Das ist manchmal notwendig, um Verbrecher zu überführen", erläuterte er ungefragt, „aber ich bin es müde, den Leuten immer etwas vorzuspielen, sie zu betrügen und zu belügen."

Er blickte fast verlegen zur Seite, während sie ihn anschaute.

'Mit hohen Schuhen kann ich auf ihn hinabgucken',

dachte sie. Aber was machte das schon? Flache waren sowieso gesünder.

Sein Blick fiel auf den CD-Ständer. „Darf ich mal?" fragte er, stand auf und nahm die Sammlung in Augenschein. Viel Soft-Rock und vor allem Peter Maffay, stellte er fest. Das wunderte ihn nicht im Geringsten.

„Der Maffay tritt im Dezember in Köln auf", sagte er, und sie schauten sich an.

„Hast du schon eine Karte?"

4

Acht Wochen lang hatte Wolf das Café Mozambique gemieden, jetzt frühstückte er wieder einmal hier, was er gelegentlich tat, wenn er frei hatte und sie arbeiten musste. Er las in aller Ruhe die Zeitung. Besonders interessierte ihn der Artikel mit dem bekannten Kürzel. Es ging um Harnachs Verhaftung und die Folgen. Ein Dr. Gerhard, Mitarbeiter des Meißen-Konzerns, gab seiner Erschütterung über die Geschehnisse Ausdruck und hegte auch den Verdacht, dass der Mörder Harnach auch geschäftlich unseriös gearbeitet habe. Harnachs Firma sei jedenfalls Verpflichtungen nicht nachkommen, so dass der Meißen-Konzern selbstverständlich eine Konventionalstrafe erheben werde. Man sei durch Harnachs Verschulden gehörig unter Zeitdruck geraten, hoffe aber zuversichtlich, mit dem neuen Geschäftspartner, dem Bauunternehmer Andreas Ganterer, den ursprünglich geplanten Zeitrahmen doch noch einhalten zu können.

Der Bericht war mit einem Foto versehen, das zwei Männer zeigte. Der ältere, sportlich und hager, war Anfang bis Mitte fünfzig, der andere sah sehr jugendlich aus, war aber sicher auch ein gutes Stück über dreißig.

Er erinnerte Wolf an ein etwas schwammiges, durchaus nicht hässliches Kind, das man in einen teuren Anzug gesteckt hatte. Bei ihm würde Wolf keine Versicherung abschließen.

Auch die Lektüre des Kulturteils war aufschlussreich. Hier sah Wolf das Foto eines etwa fünfzigjährigen Mannes, der ein rundliches, freundliches Gesicht unter einem kahlen Schädel hatte und eine Fliege trug. Wolf glaubte, dass der Mann geschminkt war, konnte es aber auf dem Foto nicht genau erkennen. Es handelte sich um einen Galeristen aus Düsseldorf, der von Wolfs Wirken indirekt betroffen war und in dem Artikel neben dem Foto kundtat, dass er eine geplante Ausstellung mit Bildern des Malers Oliver Stolze in Anbetracht der Umstände kurzfristig absagen werde. Er lehnte es ab, darüber spekulieren, ob die Aufdeckung des Verbrechens den Verkauf der Bilder des Malers gefördert oder ihm geschadet hätte. Er wolle jedenfalls daraus kein Kapital schlagen. Er werde stattdessen eine junge Malerin präsentieren, die übrigens ebenfalls aus Wuppertal stamme. „Künstlerisch werden wir dabei gewinnen", sagte er. „Stolze war populär und routiniert, sein Stil gefällig, aber vielleicht hat er sich, wie viele sagten, wirklich nicht entschieden genug gegen die Gefahr gewehrt, im Konventionellen zu erstarren. Die Bilder, die ich Ihnen ab November in meiner Galerie zeigen werde, haben hingegen eine ungeheure, ursprüngliche Kraft. Das Publikum wird eine Künstlerin kennenlernen, die noch längst nicht am Ende ihrer Entwicklung angelangt ist. Aber beim Anblick ihrer Werke spüren wir etwas, was wir sonst nur bei den ganz Großen spüren und was man nur mit dem Wort *Genie* beschreiben kann. Wir werden noch viel, noch sehr viel von ihr hören."

Wolf faltete die Zeitung zusammen und schüttelte den

Kopf. Er war der Sympathie für Verbrecher gänzlich unverdächtig. Dennoch fand er es bemerkenswert, wie schnell die beiden abgeräumt worden waren.

5

Vera Sander, die ihren Namen auch bei ihrer Heirat beibehalten hatte, musste an diesem Samstag arbeiten. Zunächst war wenig los gewesen. Aber gegen halb zwölf war dieser Wollweber hereingeplatzt, den man zu ihr vorgelassen hatte. Er hielt die Zeitung in der Hand und deutete auf ihren Artikel über die Auswirkungen von Harnachs Festnahme auf den Bau der Meißen-Fabrik.

„Sie haben das doch geschrieben, oder?" fragte er. Vera nickte.

„Darf ich mich setzen?" Wollweber setzte sich, und dann redete er wie ein Wasserfall. „Das sind Verbrecher, allesamt, uns haben sie wieder nach Strich und Faden betrogen. Harnach hat uns außer zwei kleineren Abschlagszahlungen nichts gezahlt. Er wartet auf die Zahlungen von Meißen, hat er immer gesagt. Ist sogar ganz plausibel. Es wurde ja überall über seine Schwierigkeiten gemunkelt. Aber was passiert jetzt? Passen Sie auf! Meißen setzt jetzt eine Konventionalstrafe fest gegen Harnach, denn Harnachs Firma kann ihren vertraglichen Verpflichtungen nicht mehr nachkommen, weil sie nicht mehr existiert. Und diese Konventionalstrafe rechnen sie gegen noch ausstehende Zahlungen an Harnach auf.

Wir könnten natürlich ohne jede Unterbrechung weiterarbeiten, aber was hat Meißen mit uns am Hut? Ich habe versucht, mit denen zu sprechen, aber die Verantwortlichen waren nie erreichbar, in Besprechungen, auf Dienstreisen, aber beim Thema Geld hieß es direkt – da müssen Sie sich an Harnach halten.

Wunderbar, aber was ist mit Harnachs Firma? Harnach sitzt im Knast und sein engster Mitarbeiter, der uns vielleicht weiterhelfen könnte, ist verschwunden. Bei der HIB sitzt nur noch eine dicke Sekretärin, die völlig aufgelöst herumflennt, weil tausend offene Rechnungen da sind, aber keine Kohle. Wie sollte auch Kohle da sein, wenn Meißen nicht zahlt? Aber kein Problem. Harnach ist verantwortlich und wird sicher in den nächsten fünfzehn Jahren durch Tütenkleben im Knast unser Geld aufbringen." Wollweber lachte bitter. „Und heute erscheint dann dieser Ganterer bei mir, der jetzt mit Meißen dick im Geschäft ist. ‚Ich denke', sagt er, ‚das ruht hier höchstens eine Woche. Und dann geht's weiter, am besten mit Euch, ihr seid ja sowieso gerade so schön dabei.' Dann klopft er mir auf die Schulter und sagt: ‚Ich zahle euch das Gleiche wie Harnach, und ich zahle wirklich.' ‚Und was ist mit der Kohle, die wir noch zu kriegen haben', frage ich, und er breitet hilflos die Arme aus. ‚Wollweber, bin ich Harnach, bin ich die Caritas, und vor allen Dingen: bin ich Krösus?' Und dann lacht er dröhnend. Lustig, nicht?

Ich sage Ihnen, was das bedeutet, junge Frau. Vier Wochen Verdienstausfall bei so einem Auftrag. Die Banken geben mir keinen Pfennig. Mein Schwiegervater hat mir sein halbes Vermögen geliehen, so dass ich meine Leute wenigstens teilweise auszahlen konnte, damit die mir bei der Stange bleiben und nicht weglaufen. Und wissen Sie was? Wenn jetzt mit Ganterer alles, aber auch wirklich alles glatt läuft, dann, aber auch nur dann überlebe ich wirtschaftlich und kann weiterhin Arbeit vergeben. Eine schöne Scheiße, oder?"

Vera nickte. Da gab es nichts zu widersprechen.

„Werden Sie das schreiben, was ich Ihnen gesagt habe?"

„Glauben Sie, dass Ihnen das etwas nutzen würde?"

„Es ist die Wahrheit."

Vera lächelte.

„Wollen Sie einen Kaffee?"

Obwohl sie keine Antwort erhielt, stand sie auf und ging zur Kaffeemaschine.

„Milch und Zucker?"

Wollweber sah sie an und nickte mit leisem Lächeln. Vera schüttete Kaffee in zwei große Tassen mit Schwebebahn-Motiv und gab in eine Milch und Zucker. Die brachte sie Wollweber. Mit der anderen ging sie wieder an ihren Platz.

„Meißen ist ein wichtiger Anzeigenkunde, oder?" fragte Wollweber.

„Quatsch", rief Vera, „es geht um professionelle journalistische Arbeit. Als Mensch glaube ich jedes Wort, das sie gesagt haben. Als Journalistin habe ich jetzt aber nicht *die* Wahrheit, sondern *Ihre* Wahrheit gehört. Und ich werde einen Teufel tun und das einfach so runterschreiben. Vorher muss ich die andere Seite hören. Alles andere wäre Stümperei. Und ihr Spruch vom wichtigen Anzeigenkunden enthält natürlich ein Körnchen Wahrheit: Bevor ich einer Firma wie Meißen – mit Verlaub gesagt – ans Bein pinkle, muss alles absolut hieb- und stichfest und Punkt für Punkt überprüft sein. Das müsste Ihnen bei allem verständlichen Ärger doch einleuchten."

Wollweber lächelte. „Ich verstehe Sie."

Dann stand er auf, ohne die Kaffeetasse angerührt zu haben.

„Danke für Ihre Hilfe und einen schönen Tag noch." Mit diesen Worten verließ er ihr Büro.

Vera lehnte sich zurück und trank von ihrem Kaffee. Der Mann hatte recht. Es war eine Schweinerei, was da ablief. Aber was sollte sie tun? Wenn sie mit ihren Worten alles so aufschrieb, wie es Wollweber gesagt hatte – was würde dann passieren? Der Chefredakteur würde am Montag kommen. Er wäre nicht aggressiv, würde weder schimpfen noch drohen, er würde sie nur verwundert ansehen und sie lächelnd fragen: ‚Glauben Sie wirklich, dass das so geht?' Und dann dürfte sie den Artikel noch einmal schreiben.

Also schrieb sie ihn am besten jetzt schon so, wie er in Druck gehen konnte.

Sie schrieb, dass die am Bau der Meißen-Fabrik beteiligten Handwerker durch die Machenschaften Norbert Harnachs an den Rand des Ruins getrieben worden wären und jetzt ihre letzte Hoffnung auf Ganterer setzten. Und sie appellierte an *alle* Beteiligten, alles zu tun, damit die Arbeitsplätze in den Klein- und Familienbetrieben erhalten blieben.

6

Gegen zwei Uhr war sie fertig und saß die letzte halbe Stunde bis zum Ende ihres Dienstes ab. Sie plauderte noch ein wenig mit dem Kollegen, der sie ablöste. Dann ging sie zur Toilette und schminkte sich. Dabei stellte sie ohne Erstaunen fest, dass sie aufgeregt und nervös war. Exakt um Viertel vor drei verließ sie das Verlagshaus und ging zu ihrem Wagen. Sie fuhr nicht zur Autobahn, was einen Umweg bedeutet hätte, sondern nahm vom Otto-Hausmann-Ring den direkten Weg über die Katernberger und Briller Straße zum Briller Kreuz. Wäre sie an dieser Kreuzung geradeaus gefahren, wäre sie in höchstens fünf Minuten zum Haus des Mannes gelangt, mit dem sie fast zwei Monate lang die seltsamste Beziehung ihres Lebens geführt hatte.

Sie bog stattdessen zunächst rechts und dann nach hundertfünfzig Metern wieder halblinks ab, so dass sie nun unterhalb des Krankenhauses Bethesda, in dem sie vor 34 Jahren zur Welt gekommen war, auf der August-Bebel-Straße in Richtung Eschenbeek fuhr.

Die August-Bebel-Straße wurde dann zur Hansastraße, die an der Hamburger Treppe abrupt endete. Sie nahm den Schleichweg links zur Uellendahler Straße, auf der sie ein Stück stadtauswärts fuhr, um dann links in die Kohlstraße einzubiegen, die steil bergauf führte. Dort, wo der Adalbert-Stifter-Weg abzweigte, beschrieb die Straße einen leichten Bogen nach rechts, dann folgte eine scharfe Kehre nach links und ein Stück weiter, oberhalb der Eisenbahnersiedlung, wiederum eine Rechtskurve, an deren Ende sie links am Waldrand gegenüber dem Norwegischen Holzhaus parkte, das von der Pariser Weltausstellung im Jahre 1900 seinen Weg ins Tal gefunden hatte.

Hier war der Eingang zum Mirker Hain, einem parkartigen Wäldchen. Sie nahm zunächst den Weg, der parallel zur Straße aufwärts führte, bog aber nach hundert Metern nach links und gelangte zu einer von Buchen umgebenen Wiese, die so groß war, dass man auf ihrer kreisförmigen Fläche ohne Mühe einen Tennisplatz unterbringen konnte. An dieser Lichtung befand sich eine einzige Bank, die der dahinter wachsende Ilex über kurz oder lang zu überwuchern drohte. Der Mann, der dort wie eh und je auf der Lehne saß, bemerkte sie, als sie sich ihm auf zehn Schritte genähert hatte. Es war immer noch das gleiche Lächeln wie das des Teenagers vor achtzehn Jahren, mit dem er sie ansah.

„Grüß dich, Vera", sagte er, was er irgendwann einmal in Süddeutschland aufgeschnappt hatte. Es klang zärtlich und zugleich selbstverständlich bis in alle Ewigkeit. Sie las die Freude in seinem Gesicht und wäre ihm am liebsten einfach um den Hals fallen, aber sie gab ihm zur Begrüßung nur einen flüchtigen Kuss. Er wollte sie festhalten und an sich drücken, aber sie entzog sich ihm und setzte sich rechts neben ihm auf die Bank.

„Bist du mir böse?" fragte er. Sie schwieg. Dann sagte sie:

„Schön war's wirklich nicht." Hier hielt sie inne, und er wartete darauf, dass sie weitersprach. Dann blickte sie ihn seitlich von unten an.

„Er war am Anfang ein absolutes Arschloch, ein arroganter Macho, aber dann hat er sich geändert und auf eine fast rührende Art versucht, mir alles recht zu machen. Hat mir Blumen gekauft, Theaterkarten, den Gebildeten gespielt. Und weißt du warum?" fragte sie ruhig. „Weil er mich geliebt hat."

„Und das nimmst du mir übel", sagte er leise wie zu sich selbst.

Es gab eine naheliegende Frage, aber er stellte sie nicht.

Stattdessen stand er auf.

„Ich weiß", begann er und sprach zunächst nachdenklich und leise, dann aber lauter und immer eindringlicher,

„dass im Nachmittagsprogramm Kinder mit einer MP durchs Bild laufen und alles niedermetzeln. Fünf Leichen in dreieinhalb Fernsehminuten. Aber ich, ich habe nicht vergessen, was es bedeutet, wenn ein Menschen umgebracht wird. Verstehst du, der ist dann tot, aus, alles vorbei."

Er blickte fast ein wenig hilflos nach oben zu den Baumwipfeln, als wolle er so deutlich machen, dass ein Toter das herbstliche Bunt der Blätter nicht mehr sehen konnte.

„Auch wenn es schrecklich klingt. Allein ein Gedanke sorgt dafür, dass meine Arbeit für mich nie zur Routine wird. Ich denke, dass du es wärest, Vera, du. Verstehst du mich?"

Sie wandte den Blick ab, um ihn dann nach einigen Sekunden wieder anzusehen.

„Und dass deine Bilanz jetzt wieder in Ordnung ist, hat das nicht auch eine ganz kleine Rolle gespielt?"

„Das stimmt", entgegnete Wolf leise und ernst, „ich habe sie jetzt alle. Alle habe ich gekriegt."

Vera schwieg, Wolf aber hob die Hand zum Schwur.

„Nie mehr. Nie mehr mache ich das."

„*Ich* mache das nie mehr", entgegnete Vera kühl. Sie war jetzt auch aufgestanden, und er trat vor sie.

„Ich würde das nie mehr aushalten", sagte er und fasste sie an den Armen. „Noch einmal acht Wochen ohne dich. Ich hab's ja auch diesmal nicht ausgehalten."

Ein Lächeln überflog ihr Gesicht, das ihm sagte, dass sie

233

seine Liebe immer noch glücklich machte.

Sie küssten sich sanft auf die Lippen.

Dann nahm er sie in den Arm, und sie gingen langsam über die Wiese auf den Weg, der in westlicher Richtung zum Mirker Bach führte.

„Du bist mir nicht mehr böse?" fragte er, und als sie wie zur Antwort auch ihren Arm um ihn legte, da busselte er ihr Gesicht ab wie ein glückliches Kind. Er hatte gelegentlich solche Anfälle, die ihr ein wenig zu viel waren. Aber es gab Schlimmeres. Als er von ihr abließ, strich sie ihm zärtlich die Haare aus der Stirn. „Ich bin auch froh, dass ich dich wieder habe", sagte sie, und sie küssten sich.

Wie er aber nun ihren Körper spürte und wusste, dass sie ihm verziehen hatte, wurde er wieder übermütig. Er machte sich sanft von ihr los, tänzelte ein paar Schritte nach vorne, drehte sich zu ihr um und bemerkte im Rückwärtsgehen: „Ist doch eigentlich ein ziemlicher Abstieg: von der geheimnisvollen Schönen zur Wuppertaler Beamtengattin."

„Ich bin immerhin", verteidigte sie sich lachend, „die Ehefrau des größten Regisseurs nach Polanski."

Er strahlte über das ganze Gesicht. „Ich liebe dich", sagte er, „ich liebe dich."

Dann nahm er sie, hob sie hoch, so dass sie in seinen Armen lag wie eine glückliche Braut, während er sich zunächst in wildem Überschwang, dann immer langsamer wie in einem romantischen Tanz um die eigene Achse drehte.

Die bunten Blätter flogen über sie hinweg, und einige

trug der Wind sogar bis hinab zum Mirker Bach, der sich keine 50 Meter von hier ein tiefes enges Bett gegraben hatte. Das Laub hatte sich schon gelichtet, so dass die Sonne durch die Zweige schien und die Haare der Frau in seinen Armen rötlich schimmerten.

Noch immer war es angenehm warm, aber man durfte sich keinen Illusionen hingeben. All das hatte keine Zukunft. In spätestens drei Wochen würde der Winter kommen. Dann würden sie wie jedes Jahr auf den Weihnachtsmarkt auf Schloss Lüntenbeck gehen, obwohl alles immer voller und teurer wurde. Ein paar hundert Meter weiter im Haus der evangelischen Gemeinde Lüntenbeck würde wie immer ein Bücherbasar stattfinden, und sie würden dort wieder, obwohl jeder von ihnen noch mindestens ein Dutzend ungelesene Bücher zu Hause hatte, den halben Nachmittag herumstöbern und schließlich den für zwanzig Mark erworbenen Bücherstapel zum Auto schleppen.

Danach müssten sie nur noch schlaffe drei bis vier Monate warten, bis der Frühling kam, dem schon bald der Sommer folgte. Und das würde sich immer wiederholen. Unendlich oft.

ANHANG

Personenverzeichnis

ARNO WOLF, Kriminalbeamter

LENA, die verstorbene Frau des Malers Oliver Stolze

MANNI GRABERT, Wolfs Chef

HEINTZE, Polizeibeamter

NORBERT HARNACH, Immobilienmakler und Bauunternehmer

IRIS, Harnachs Freundin

SIMON, genannt *Der Kleine*, verdeckter Ermittler und in dieser Eigenschaft als Mitarbeiter Harnachs tätig

DER VERSAMMLUNGSLEITER, SPD-Lokalpolitiker

NEUMANN, Mieter einer von Harnachs Firma *HIB* sanierten Wohnung

NIEDERKLOSTERMANN, Handwerker

VERA SANDER, Journalistin und Wolfs Ehefrau

HERR UND FRAU WEWERING, Mieter einer von Harnachs Firma sanierten Wohnung

DIE MEYBAUM, Harnachs Sekretärin

MEINKE, Kriminalbeamter, Kollege Wolfs

OLIVER STOLZE, Maler

EINE MALERIN

DR. GERHARD, leitender Angestellter eines Konzerns

ZWEI MITARBEITERINNEN DR. GERHARDS

EIN GYMNASIALLEHRER, Nachbar Harnachs

GANTERER, Immobilienmakler und Bauunternehmer

GANTERERS MITARBEITERIN UND EHEFR

EIN FERNMELDETECHNIKER

ZWEI SCHWESTERN, Freundinnen des Malers

WOLLWEBER, Subunternehmer

EIN DICKER VERNISSAGE-BESUCHER

EINE KELLNERIN IM CAFE MOZAMBIQUE

EIN ALTER SÄUFER

LAURANT, Schauspieler und Darsteller Lorenzos

MICHAEL RAUCH, Leiter der Theaterfabrik und Darsteller von Harnachs Leibwächter Hauptmann

YVONNE, Maskenbildnerin in der Theaterfabrik

MADELAINE, Schauspielerin und Freundin Rauchs

STEFAN UND MARCEL, Schauspieler und Darsteller von Lorenzos Angestellten

SCHAUSPIELER UND STATISTEN IN DER THEATERFABRIK, Darsteller der WG-Mitglieder aus der Wiesenstraße 11

Die Handlung der Geschichte sowie die darin auftretenden Personen (auch die juristischen) sind frei erfunden.